无界

BORDERLESS

在八岳南麓，直到最后

八ヶ岳南麓から

［日］上野千鹤子 著　安素 译

中信出版集团｜北京

图书在版编目（CIP）数据

在八岳南麓，直到最后 /（日）上野千鹤子著；安素译. -- 北京：中信出版社，2025.4. -- ISBN 978-7-5217-7184-8

I. I313.65

中国国家版本馆CIP数据核字第20244NY334号

YATSUGATAKE NANROKU KARA
© Chizuko Ueno 2023 All rights reserved.
Original Japanese edition published by Yama-Kei Publishers Co., Ltd.
This Simplified Chinese edition published
by arrangement with Yama-Kei Publishers Co., Ltd., Tokyo in care of Bunbuku Co., Ltd., Tokyo
through Hanhe International (HK) Co., Ltd.
本书仅限中国大陆地区发行销售

在八岳南麓，直到最后

著者： [日]上野千鹤子
译者： 安素
出版发行：中信出版集团股份有限公司
（北京市朝阳区东三环北路27号嘉铭中心 邮编 100020）
承印者： 北京启航东方印刷有限公司

开本：787mm×1092mm 1/32　　印张：5.25　　字数：62.4千字
版次：2025年4月第1版　　　　　印次：2025年4月第1次印刷
京权图字：01-2025-0139　　　　书号：ISBN 978-7-5217-7184-8
定价：59.80元

版权所有·侵权必究
如有印刷、装订问题，本公司负责调换。
服务热线：400-600-8099
投稿邮箱：author@citicpub.com

你好，我是上野千鹤子。

对我来说，这是一本特别的随笔集。

这本书里，有我的山居岁月，还有我的私人生活。

大自然中的生活给了我无与伦比的快乐，

希望大家也能享受阅读这本书。

——上野千鹤子
于八岳南麓

在八岳南麓，
直到最后

① 疫情隔离中的山居生活 —— 001

② 不知不觉爱上山梨 —— 寻找冬天的光明 —— 007

③ 花的季节 —— 013

④ 园艺派和家庭菜园派 —— 019

⑤ 观萤 —— 025

⑥ 冷气和暖气 —— 031

⑦ 上水与下水 —— 037

⑧ 斗虫记 —— 043

⑨ 八岳鹿情报 —— 049

⑩ 夏天的超简单食谱 —— 055

⑪ 垃圾怎么办？这是个问题 —— 061

⑫ 被书籍包围 —— 067

⑬ 移居者的小团体 —— 073

⑭ 猫之手俱乐部的人们 —— 079

⑮ 银发滑雪友 —— 085

⑯ 除夕家人 —— 091

⑰ 线上阶层 —— 097

⑱ 多地居住 —— 103

⑲ 驾照什么时候交上去 —— 109

⑳ 开车的乐趣 —— 115

㉑ 中古别墅市场 —— 121

㉒ 从两个人变成一个人 —— 127

㉓ 在最爱的北杜市迎接人生的终点 —— 133

㉔ 一个人的最后 —— 139

后记 —— 145

译后记 —— 148

附录 —— 157

疫情隔离中的山居生活

新型冠状病毒横行之下,四季已经流转一轮。不,全国一致停课的要求是去年(2020年)2月开始的,季节已经进入第二轮循环。

我在八岳[1]南麓的山居里实行"新冠疫情隔离",已经有一年多了。这时我觉得,建了这栋山里的房子,真是万幸。以前我只住过公寓和现房。这栋山居是我有生以来第一次定制的自建住宅。

30年前,在八岳南麓定居的朋友曾经提议:"我准备去英国过夏天,家里空出来了,你要不要借住一夏?"东京都内越来越热,我不堪其苦,这个提议正中下怀。在山里过了一

---

[1] 八岳山,位于日本山梨县和长野县交界处,由八座山峰组成,是著名的旅游景点。——译者注(如无特殊说明,本书注释均为译者注。)

002　在八岳南麓，直到最后

个夏天，我彻底被套牢了。农家在自家院子门口卖蔬菜，大口吃着当地新鲜的蔬菜，我感觉经过这个夏天，全身的细胞都焕然一新。那个夏天结束的时候，我冲进了当地的不动产中介店铺。

八岳的居民分别墅派和定居派。在定居派中，也有人来往于首都圈[1]的住宅和八岳的别墅，过着两地生活，渐渐将重心移向了山里，不知不觉中把住民票[2]也转移了过去。我问借给我房子的朋友："在这一带盖房子的人，都是些什么人？"朋友回答说："这个嘛，是对在首都圈盖房子死了心的人。"原来如此。

借了朋友的房子，随之而来的好处是朋友的

---

1 以首都东京为中心的巨型都市圈。包括东京都、神奈川县、千叶县、埼玉县。
2 日本的居民证，上面登记有姓名、年龄、住所、家庭成员等个人信息。

朋友也成了我的人脉。朋友关系是非常宝贵的，一旦有了信任的基础，他又会介绍其他朋友给你。于是，我在买下那块地之前，就认识了在当地定居的人们。他们给了我自己最好的东西：他们的人脉和情报。这样一来，在买到地之前，我就获得了很多智慧和情报。冬天也要在这里住的话，最好选择海拔不超过1 000米的地方；要种家庭菜园，海拔最好低于700米。八岳南麓有丰富的潜水，地名里就有"大泉""小泉"等字样，但湿地容易腐蚀房屋。看植被就能分辨湿地，核桃树多的地方湿气重，最好避开。说到设备和建筑，比起暖炉，柴火炉要好得多；若为二楼做了挑空设计，暖气会向上聚集，晚上睡觉会很暖和……

建房子期间，我去过现场几次，当时住在朋友的朋友家的别墅。他很爱干净，家里总是收拾得整整齐齐，厨房的灶台也擦得闪闪发光，每次去他们家住我都压力倍增，走的时候不得不收拾得比来时更干净。现在想起来，那么有洁癖的人，竟然会把钥匙交给我，让我"随便住"，真是感动。

大学老师有漫长的假期：暑假、冬假、春假。幸亏有这份工作，从学生时代以来，我的暑假没有断过。长假在山里的家中度过，也变得理所当然。之前我几乎每次都是去国外，自从有了山里的家，我就明显懒得出去了。海拔1 000米的山里的家，不需要开冷气，晚上山里的冷空气流进屋里，我睡得很香甜。

自从新冠疫情之后，我就几乎定居在山里。之前我每个月两三次从东京都去山里的家，现在反过来，每个月我从山里的家去东京都几次。如果有紧急事态通报，通知"请大家不要擅离都道府县[1]境内"，我就更少出门了。

在山里的家，我细细品味着春夏秋冬的四季变换。雪融

---

1 日本行政区划制度，随明治政府于1871年实施的废藩置县政策建立，一级行政区为都、道、府、县（广域地方公共团体），其下设有市、町、村、特别区（基础地方公共团体）等二级行政区。

之后，春天来到山里，新绿初绽，一口气膨大为夏天的浓绿。小鸟的婉转啼叫，不久被震耳欲聋的蝉声替代，不知不觉到了虫声嘈嘈的秋天。深深浅浅、明丽炫目的红叶落尽之后，森林又明亮起来，雪上留下了小动物来来往往的足迹。

新冠疫情隔离之初，全世界的时间仿佛停止，只有季节的变换记录着时间。我不禁开始思索，过去似乎从没有过哪个时刻，如此无为地享受时间流逝。政府要求停业，公司要求在家待命，不光是我，所有人的时间都停止了。我也不会感到焦虑，觉得只有自己被抛弃了，无法跟人见面，就不想再社交，不想再吃饕餮盛宴，不想再去人声鼎沸的大街小巷。有书本和音乐就够了……这么说有点对不住在新冠疫情期间遭遇不幸的人，不过，在山里的家中，我度过了无比幸福的时光。这本书，就记录了我的山居生活。

不知不觉爱上山梨——寻找冬天的光明

在八岳南麓找来找去，最终我买了一块海拔1 000米的土地。一位定居当地的朋友在帮我看过之后，给我打了包票：这里不错。土地类别是山林。松林高高耸向天空，不砍掉些松树，挖出树根，平整土地，就无法建起房屋。这里没有上水道也没有下水道，还要打水井、装净化槽……虽说购买土地的费用不贵，但加上各种基础设施建设费，每坪[1]单价也要飙升到几万日元了。这跟在城市里建房子不一样。

当时这地方叫大泉村。八岳南麓以潜水丰富闻名，地名里都有"大泉""小泉"，据说只要挖地三尺，就有水冒出来。有一天挖井的人忽然给我的办公室打来电话，搞得我焦虑不

---

[1] 面积单位，1坪约合3.3平方米。

已。对方说，在我家地下20米挖出了水，但水质不太好，再往深处挖也可能出好水，但再往下每多挖一米单价都要增加，问我是否要继续，让我马上决定。容不得我说不，只能说：那就拜托你了。托他的福，最后我喝到了夏天清凉的地下水，可以泡出好喝的茶。

八岳除了南麓，还有东麓、西麓。北边还有八岳群峰，与雾峰相连，没有北麓。东麓离"日本第一海拔车站"JR东日本小海线的野边山站很近，有西武集团的西洋环境开发公司开发的别墅区。我和西武有合作，在别墅区刚开发的时候，他们就问我："上野老师，要不要选一栋？"当时我还没有余裕来考虑别墅。西麓是别墅区，有著名的原村，虽说有些老旧，但管理得很好。长野县别墅用地转让的规定很严格，300坪以下禁止转让。山梨县却很宽松，50坪以上就可以转让，也没有建筑密度、高度的规定。听到"就请在这块土地上随便建房子吧"，我吃惊地张大了嘴。不知道为什么，感觉"周末在长野"比"周末在山梨"听起来更明智（笑）。

但是，东麓看不到夕阳，西麓看不到朝阳，北面背靠大山，南斜面是最适宜居住的，也许是这个原因，八岳南麓有好几处古代遗迹。古人也在寻找有水和有阳光的地方。再加上原大泉村——现在的北杜市，标语是"水、绿色和太阳之乡"……都是免费的。我都想恶作剧地"毒舌"一句：是不是没其他好夸了啊？

我曾经挨个儿问当地的定居者："春夏秋冬，哪个季节最好？"每个人的回答都一致：冬天。阔叶树的叶子掉落，落叶松也抖尽松针，森林一天一天变得明亮起来。这里会下雪，但不至于落脚就拔不出来。凛凛的冷空气（我曾经历过-20℃）里，蔚蓝的天空无遮无挡。冬天原来如此明亮，生在北陆长在北陆的我感到一种新鲜的惊奇。毕竟，北陆的冬天，一年里五个月的时间阴沉沉的，天空和大海连为一体，一片混沌的铅色。后来我才知道，这一带全年日照时长在全国是数一

010　在八岳南麓，直到最后

数二的。难怪这里随处可见太阳能发电板，我还担心会有当地居民出来指手画脚呢。

我在德国的大学任教时，学生引用和辻哲郎[1]的《风土》问我，身处亚热带季风区、经常经历台风的日本人，是否"容易火大，但火气不会持久"。我很想反问，按照环境决定论，德国人一年里有五个月生活在阴沉沉的天空底下，是不是都很忧郁呢？

轻井泽多雾。我朋友在那里有别墅，我去度过几次假。立原道造[2]曾描绘过羊胡子草在雾中摇曳

---

[1] 和辻哲郎（1889—1960），日本伦理学者，哲学家，东洋文化研究专家。1927年留德归来后，写成代表作《风土》，书中对亚洲和欧洲各地风土特性，以及各自地域文化的传统特质和关系论述周密，言必有据，是日本比较文化研究的集大成者。

[2] 立原道造（1914—1939），昭和初期活跃的诗人、建筑家。擅长写忧郁的田园诗，代表作有《寄萱草》等。

的风韵。但也许是雾的原因,轻井泽的旧别墅又暗又湿,庭院里也是青苔幽幽。生活在大自然里,并不一定就是乡下生活。置身于大自然,也可以过上都市生活,那就是轻井泽的魅力,八岳南麓阳光充沛,没有湿气。附近还有为了制作小提琴的干燥木材,遍寻全国,最终搬来的小提琴工匠。

往南面看,可以望见富士山。在冬日的晴空下,银白的富士山轮廓清晰,美得让人屏住呼吸。山梨县的居民都坚称,富士山从北面看比从南面看美多了。确实,宝永喷火[1]的火山口的凹凸,从山梨这边看不到……我也开始渐渐这样自夸起来,这意味着,不知不觉间,我也爱上山梨了吧?

---

1 宝永四年(1707),富士山东南部山腰火山口曾喷发。

花的季节

海拔1 000米的山麓，春天来得也迟。

雪融之后，某一天，番红花忽然绽出容颜。哎呀，原来你在这儿啊，我不禁一声惊叹。花坛的角落里，风信子早已悄然俏立。疏于照顾的庭院里，白的、深紫的、浅紫的各色紫罗兰开出了花。婆婆纳也不甘示弱。蒲公英开花了。一不小心，笔头草已经开完了花，结出了孢子。摘一些抽薹的笔头草，一年一度做煮菜。蒲公英的嫩叶也摘一些，混进沙拉里，微带苦味，很是可口。

不要光盯着地面，视线往上移。某天，以为已经是枯树的辛夷，开满了一树繁花。辛夷最早迎接春天。木兰紧随其后。雪柳绽开新蕾，木瓜吐出花朵，接着是朴素的蜡瓣花，再接下来，棣棠、连翘的黄花接连不断，然后，石楠花星星点点，开满枝头，是我家庭院的高光时刻。齐腰高的繁茂枝叶，每年一次蓬勃起来，直到高过头顶。这也是每年花谢后摘除花萼、追肥的成果。

山里的樱花开得迟。东京的染井吉野谢了之后，山樱的蓓蕾才绽放起来。跟染井吉野不一样，山樱会同时出叶和开花。整棵树染着红晕，就像全身在微微发热，某一天忽然开出

花。山樱本来就在我这块地里，我请工人保留下来。它高过我的两层别墅，修长的枝条伸向天空。不抬头看不知道，某一天，风吹起，下起了一阵樱花雨。邻居家本来有几棵樱花树，落下的樱花雨铺满我的阳台，我拍下照片送给邻家的主人。每年春天，我都等着他们来，但因为生病、身体不适，他们好久没来了。

不定期来山里的家，往往错过季节。去年笔头草我吃了个饱。花谢之后就是野菜的季节。早就等着八角金盘的嫩芽，转眼又错过了。为了不负季节，我很留意去山里的时间，但工作上的事缠住了我，往往不能如愿。

樱花的季节很短。祇园圆山公园的垂枝樱，高远[1]的樱花，更不用说本地鳄冢山的樱花、清春艺术村的樱花，我都去看过了。这辈子还想看一次的，是青森县弘前城的樱花。

---

1 长野县伊那市高远城是战国时期武田信玄和织田信长战斗过的日本名城，现在已经变成公园。

樱花花瓣铺满护城河水面的景象，称作"花筏"，我很想亲眼看一次。这几年开花的预测时间越来越早，就算预先定好了去看，也不一定能正好花开如愿。听说跟我年纪差不多的大叔们准备开车去旅游，坐一辆车，花一周时间追着樱花前线北上，最终目的地就是弘前。我听了羡慕得咬牙。这是退休人的特权。

不过，待在山里也有山里的绝招。一看已经迟了，就开着车，去海拔更高的地方。下面的樱花已经长出叶子了，在高处，还能看见坚硬的花蕾。半山腰望去，随着海拔越来越高，樱花由浓至淡，别有风味。去积雪已融的滑雪场，还是一派早春气象，树木还没有发芽。只要上上下下，就能重温季节的变化，隔着车窗就能再次追随季节的脚步。

山麓的居民里，有好几个人为自家庭院自豪。其中一个人家里，从精心打理的庭院里望去，头顶白冠的富士山看得分明，到了春天，地面上郁金香和水仙开得缭乱，篱笆上的连翘烂漫绽放，垂枝樱点缀着草坪。这时候我就只有借景了。在阳光灿烂的春日，我会做好便当，登门拜访。主人说："请进来吧。"我会摆摆手，说："不，我来借你家庭院坐坐。"在别人家庭院里打开自己的便当。同样的食物，但不知为什么在外面吃比较美味。我深知保持完美的庭院需要多少人工，比起自己动手打理，不如去欣赏别人精心打理的庭院。虽说有点厚颜无耻，但为自己庭院自豪的主人，很欢迎这样的拜访。

那家的主人，已经不在这个世上了。不管多精致的庭院，不再打理，就会很快荒废。听说那家后来换了主人，也不知道后来怎么样了。

园艺派和家庭菜园派

定居派里又分园艺派和家庭菜园派。简单来说，就是饱眼福派和饱口福派的差别。一眼看上去，这两派格格不入。园艺派不准备把自己精心打理的庭院一角变成菜园，菜园派动起真格来，准备向当地的农家借一块地来种菜。住到这里的夫妻两个人，夏天的收获自己吃不完，就会不时分给我。挖土造垄，架苗护根，菜园风光和赏四季花时的花园，确实气味不同。

我是园艺派，勉强算是。这么说是因为我不太愿意费神，几乎放弃了努力。菜园，我早就放弃了。有一段时间，我和朋友一起借了块田，挑战种菜，但两周我们只去看一次，相当懒惰。比起蔬菜，田里的杂草长得更好，实在受不了，痛恨至极，用了除草剂。而且，我们这些生手种的蔬菜，不管

园艺派和家庭菜园派　021

是西红柿还是黄瓜，都瘦不拉几，还不好吃。八岳南麓到处都有家庭市场，卖的蔬菜标有种菜人的名字。农家的院子门口，买菜的人自己放下钱拿走蔬菜，无人看管。吃过就知道，那些菜比我种的美味多了。不愧是专业的，我很佩服，也就不敢再造次了。

房子建好后，有几年我沉浸于园艺。因为我一直生活在城市，住在公寓，很少住在带院子的房子里。以前在富山演讲的时候，主办者送给我颜色各异的郁金香球根100个。郁金香是富山的特产，当地人肯定费了一番心思，当我打开箱子，却不知道该怎么办好。送给我这个住在城市公寓里的人100个郁金香球根，我应该怎么办呢？是让我像吃百合根那样吃掉它们吗？

在八岳我买到了足够大的土地。当地有好几家育苗的农家，我就利用5月的连休，带着大箱子，去把花苗一口气都买回来，这是一种享受。但是，实际开始种花园，劳动的艰辛和琐碎让我不禁泄气。一年生的花苗，每年都要重新播种，真麻烦。不久在别人的教导下，我换了多年生植物。然而，这也是项大工程，要看土壤适不适合。我很努力种下的黑儿波，被杂草吞没消失了踪迹，北海道的朋友特地送来的铃兰也不见了。我这才知道，邻居家的山野草分株移植给我，才最合适。但拿回去还要干好多活。最终我得到的结论是，什么都不干最好。

打理庭院需要花多少功夫，亲身干了才有体会，看看别人家的庭院，就知道人家付出了多少心血。作家丸山健二[1]写过一本书叫《安云野的白色庭院》（新潮文库），看那本书就能知道丸山先生对"自己的庭院"付出了多少精力，甚至当成了自己的"作品"。庭院需要无限的人手。一偷懒就会荒废。

其实，我家的庭院，是业界知名的园林设计师中谷耿一

---

[1] 丸山健二（1943— ），日本小说家，代表作有《夏天的河流》等。

郎先生的作品。在森林中间有一块草地，端正的桂树和几棵白桦围在四周。春天来了，会有满开的石楠花来通知……但这只是理想。自然太过强大，白桦被虫入侵，倒下了，花坛成为四周包围而来的侵食者大叶竹的战场。只有石楠花长到过人头，给春天增添了色彩，就算我懒得打理，还是在它身上花了点功夫。为了明年也能开出漂亮的花，花一谢，我就摘掉所有花萼，在根部追肥。过人高的石楠花，摘掉花萼是件艰辛的工作。我想数数有多少个，超过 500 个就放弃了。肯定不下 1 000 个。蓝莓要是不修剪，最后也会自然生长，长得七横八竖。

建筑杂志上不时会介绍中谷先生的作品。他还有自己的作品集。但我家的庭院从没有被收入其中。

观萤

一年一度,有几桩乐事不可错过。

烤竹笋,烤松口蘑,盐烤野生香鱼。这次5月的黄金周,东京来了客人,山里的野菜天妇罗大派对也变成现实了。有人每年都盼着这一天。

我列举的全是吃的,也有口福之外的乐事。

一年一次也好,我想看看真正的萤火虫。对过去的人来讲,这是不用努力就能实现的微小愿望,近年来却越来越难实现了。过去还有这样的风雅乐事:把萤火虫放飞在蚊帐中,任其明暗点灭。东京都内的某老牌酒店,据说会往宽敞的日本庭院里放飞萤火虫,供住客观赏。那几千只萤火虫,是专门有人去捕来的。萤火虫发光是一种生殖行为,没有产卵的溪流,只能空虚地就此死去。听说不久就有人说这是虐待动物，酒店的雅事就此终止了。

在美国的时候，我看见过在树林里飞来飞去的萤火虫。英语里叫 firefly（火虫），毫无情趣。而且，北美大陆的萤火虫是陆地萤火虫，据说生活在没有水的地方。怎么会这样呢？不过，我还是觉得很亲切。

和泉式部[1]曾吟咏过如下和歌：

幽思正苦，泽畔流萤舞。

疑似芳魂点点飞，却离吾，翩翩去。

墓场的磷火是恐怖的，萤火虫的萤光却温柔、空虚，带着乡愁。

一年一次也好，只看到一只也好，我想亲眼看看萤火虫……这成了我的夙愿。偶尔有哪一年遇到了萤火虫，就会心满意足。啊，今年我也享受了萤火虫的季节。

---

1 和泉式部（987—1048），日本平安时代的女诗人。

观萤　　027

我山里的家所在的八岳南麓有好几处观萤点。当地有位专家，对这些地方很熟悉。要找到完全没有路灯的漆黑的乡下小路，再沿着田间小路找到有水的地方，那可不太容易。每年他都会叫我一起去，我每次都好好跟在他的车后面，自己去的话，却再也找不到他带我去的地方。车前灯照亮的田间小路很窄，一不小心轮胎就会开进路边侧沟里。

到达观看点，就要关掉车灯。在一片漆黑中眼睛渐渐适应。河对面的灌木丛里，隐约可见几点亮光闪烁。凝神细看，光点正在翩翩向上飞舞。有些光点静止不动。本来以为是萤火虫，仔细一看，才发现是远处人家的灯光。怪不得不动。

蹲守的时间越长，眼睛就能发现更多光点。啊，这里有，那里也有。我想像孩子一样奔走过去，但又怕从小路上掉进沟里，只好作罢。不久，近处的草叶中，伸手就能摸到的地方，有几点亮光闪起。萤火虫慢慢飞，专家能轻而易举捕获，它大摇大摆，好像在说，来啊，来追我啊，眼看我的手也能抓到了。我把萤火虫捂在手心，它从我的指间漏出点点光亮。一瞬间，我想把它带回家放进卧室里，又马上放弃了邪念，放开了手。萤火虫从我的手掌心飞走，飞向我再也够不到的天空，就像是从这个世上离去的那些人。我虽然不敬鬼神，不信有灵魂的存在，也不禁像古人一样，陷入了奇妙的心境。

迄今为止的人生中，最美妙的一次观萤，是在京都北郊，清泷川边的群萤乱舞。萤光几乎铺满河面，那光的盛宴怡神悦目。眼睛看得越久，会发现萤火虫越来越多。不管看多久都不会厌倦。为了看到这幅景象，我等天黑了以后才开车往北郊去。这里是观萤胜地，有很多人来。不过，和白天不同，每个人都安安静静。萤火虫的季节也正是梅雨季，多半是阴天，幸运的话，抬头看天，星空的大圆舞与萤火虫不相上下。萤火与星光争辉。

如此壮观的观萤，这辈子不可能再遇上第二次了吧。听说以前的观萤胜地,都因为环境的变化导致萤火虫越来越少。看不到萤群乱舞的景象,每年一次,在某处与一只活的萤火虫相遇也好。这样的话,就能安心下来,感觉今年也算满足了。

梅雨季过去,萤火虫的季节也就过去了。总在某天忽然意识到,啊,已经晚了。今年也错过了萤火虫的季节。

带我去看萤火虫的专家,现在也已经不在世上了。

冷气和暖气

"居家应该多考虑夏天,冬天怎么都能过去。"

这是长久以来日本住宅建筑的古训。日本的夏天有亚热带的酷暑,就算光着身子也很难熬。因此我们外廊设计得很深,注重通风。反而是冬天,就算有风从墙缝吹进来,只要多穿衣服就能熬过去。

八岳南麓,只要海拔超过 1 000 米,就没有"暑热"这回事。白天气温升高,到了晚上仍是凉爽,特别是夏夜,从北窗进来的山中凉气,让人不得不盖上被子。我吹不惯冷气,夏天得以安眠,很是开心。不过,八岳南麓也从几年前开始,夏天有好几天气温会超过 30℃。我只得认输,让人装了空调。夏天只有几天要工作,但空调也必不可少了,全球变暖加速,身体就能感觉到。

另一方面，冬天也没有那么冷了。海拔超过 1 400 米，就有人警告说"冬天会很难熬"，虽然我山里的家海拔 1 000 米，但保暖依然是一大课题。

建房子的时候，是否考虑冬天，是别墅派和定居派的区别。别墅派根本不考虑冬天的事。他们大多是从 5 月连休时住进来，11 月就排空水管回去了。车上也不装四驱和无钉防滑轮胎，想都不去想会在雪路和结冰的路上开车的事。可是这里的冬天这么美……真让我感到浪费。

在定居派里，很多人对保暖做了万全准备。有人为了节能，建了被动式太阳能住宅，也有人像瑞典房屋[1]那样做好隔热。一般来讲，北方居民擅长应对寒冷，走进家里，北海道的住宅更暖和。我也去看了瑞典房屋的房子，但天花板低，每坪单价高，就放弃了。反而是木造框组壁构法的进口住宅，

---

1 日本 1984 年创立的住宅建筑公司，以北欧先进的住宅理念和性能为卖点。

尽量用简单的造型，没有凹凸，装的都是隔热材料，内部空间也很大。窗玻璃当然要用不结霜的双层玻璃。后来我才知道还有三层玻璃，太迟了。在寒冷的土地上不要做挑空，很多人这么说，但我的起居室挑空一直做到二楼天花板，是正确选择。整个房间变成了一个空间，家里反而暖融融的。不仅如此，我在楼梯井的墙上方装了采光的窗户，室内也变得光明一片。天花板很低的人家，需要从白天开始就开着灯，装上窗户，白天就不用开灯了。家里从早到晚靠自然光也很明亮，让人心情舒畅。特别是冬天，南边的日光可以照进房子深处，白天不开空调也很暖和。

在山里生活的好处是可以用柴火炉。定居在这里的人已经向我宣传了柴火炉的威力。而且，在炉子上还可以做饭，多好啊！火炉上总有热水咕咕烧开，光是这一点，就让人感到幸福。冬天在火炉上煮菜炖菜，煮花芸豆，令人垂涎。紫花芸豆是八岳南麓的名产。我用从地处高原的墨西哥城带回

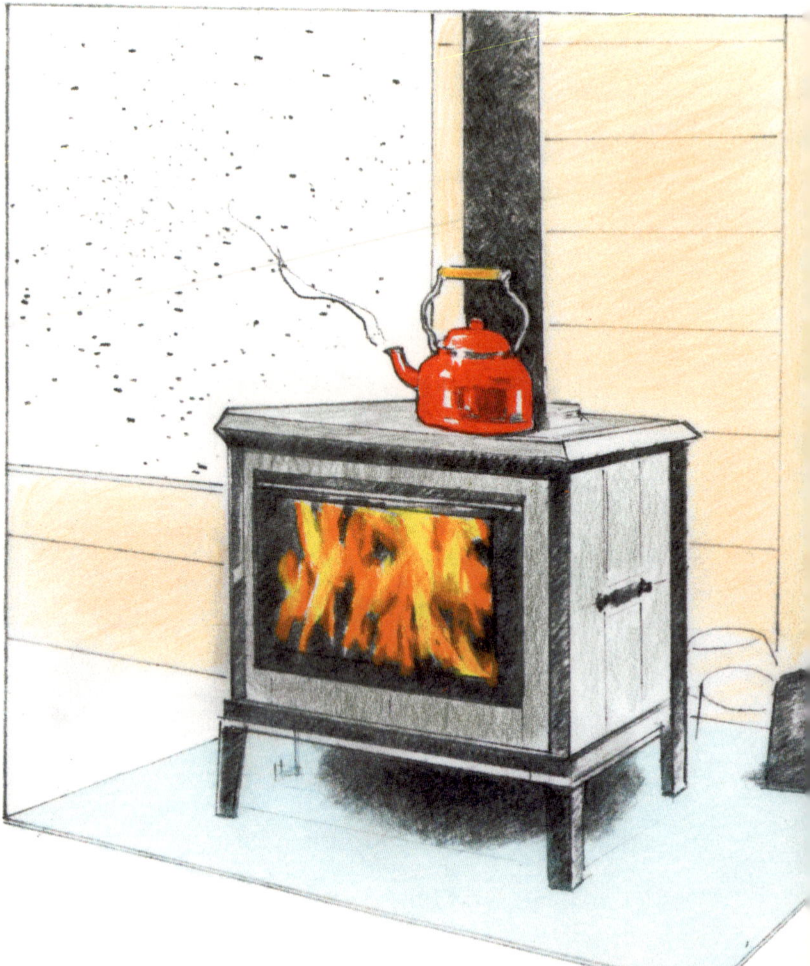

来的高压锅，煮了好几次花芸豆，成了我的拿手菜。

不过，不能单靠柴火炉。这家伙非常麻烦，生起来要花好大工夫。一开始点火就需要技巧，点上火，也不能掉以轻心。一不小心，可能火就灭了。准备柴火也很辛苦。寒冷的天气里，去外面的柴火小屋取柴火，也是艰难的任务。年纪越大，越是艰难吧。

所以我在整个房间装上了FF式[1]暖气。这样一来，可以设定室温，还能设定时间。可以用煤油、煤气、电来供能，考虑到成本，我用了煤油。我装了200升的外置煤油罐，可以不用经常更换。因为是FF式，室内的空气也不会受到污

---

1 强制进排气式。

染。不过，以后没有石油了怎么办？首先用汽油的车就开动不了了，担心也没有用。看着车，我很想说："没有汽油，你就单纯是个箱子啊。"

上水与下水

我在八岳南麓购入的土地名目是山林。

跟在城市里盖房子不一样,这里当然没有上水也没有下水。水道通到了我家附近,但要接到家里来,就要花钱,按米来算。好几户一起分摊还好,只有我一家,负担太重了。所以我就决定打水井。

八岳南麓以丰富的潜水闻名。附近有观光名所,列为日本名水百选的"三分一涌水"。传说武田信玄为了调停农民争水,在这里分割了用水。因为丰富的水源,这里还有制冰工厂、威士忌酿造厂。只要挖下去,到处都能挖出水,再往深处挖,还有温泉。地下的熔岩加热了潜水,变成了温泉。但要找到温泉,要往下挖 1 000 米以上。这一事实让人切身感受到地球内部是热的。

水源丰富，伴随而来的是湿气问题。山谷和河边最好避开。冬天不仅寒气重，湿气也重。找地的时候，已经成了朋友的当地人就给了我不少建议。最后我选了坡度平缓、排水优良的地方。我接受了好多忠告，基础工程做得很扎实，房子远离地面。虽然是二层楼，其实有三层楼那么高。有些别墅紧贴地面而建，到了雨季，铺榻榻米的房间长出一团团绿霉。整座房子的榻榻米若全部掀起来，主人会当场惊呆。

请挖井的人来挖，往下几米深就能挖到水。但水质不算好，如果接着挖下去，那就要按照米来计价，单价会变高，挖井的人问我怎么办，我不知道如何回答。前面我已经写过这件事了。最后，挖了将近 50 米，终

上水与下水

于挖到了优质的水。拿去当地的水质检查所，检查所说这水没有杂菌，很卫生，适合当饮用水。用这水泡茶和咖啡，都很美味。有一段时间，我回东京都要用宝特瓶带水回去。因为是水井里的水，夏天冰凉凉，冬天温温热，做冷荞麦面、素面，都很合适。用这里的水哗啦哗啦洗个澡，也用这水洗厨房里的餐具。简直有点浪费。我花掉的费用只有挖井的电泵的电费。

有了上水，还需要下水。当然这里也没有下水道，跟城里不一样。我请人安了净化槽，装了净化装置，但听说最后还是装在过滤箱里自然地排到地里。这让我大吃一惊。确实，净化槽里放了净化菌，可以分解杂菌，水净化之后再过滤，虽说这是自己的土地，但尿水和粪水，就这么渗透进地里好吗？这块地坡度平缓，我家的下水不可能进入水井，但是否会流进更低的地方住的人家地里呢？反过来，比我住得高的人家的下水，是不是最后进了我家水井呢？水被土壤过滤，除去了不纯物质，杂菌也分解了，重新变得干净，这一点我学到了，虽然知道……我第一次思考这些问题。幸好我的水井挖了近50米。

人体和房子，内外都有水流动。没有水一天都过不下去。进来的东西还得出去。古代的城市遗迹，也都有上水和下水。只是，眼睛看不到的东西，就容易被忘记。安杰伊·瓦伊达一举成名的电影《下水道》中，主人公在华沙的下水道里四处逃窜。画面中看不出来，但肯定充斥着污水的臭味。

净化槽坏了，我请工人来检查，净化装置总算重新工作，可净化槽的排水口又塞住了，水面上升，排水漫出来了。赶紧请人清扫，但已经不行了。我这才知道我好久没有维护净化槽了。结果我换了净化装置，重新做了过滤箱。

以前，水井的吸水泵也出过毛病，我请人更换了。过了

20 年，机器到了使用年限，要修理也没有零件了，最后只能换了新的。虽说水是免费的，但考虑到设备投资，成本也很高了。山居生活真不轻松。

斗虫记

建筑杂志上经常出现开口很大的房子,还有内外连通的开放式建筑,看了这些照片,我就会想象没有拍出来的东西。那就是虫子。在八岳的家里生活,就是跟虫子的战斗。我家也有通向阳台的大玻璃门,但装上了纱门。虽说煞风景,可不能拿下来,特别是夏天。

在苏格兰的湖区露营时,我曾被云集的小蠓虫所扰。那种蠓虫当地人叫"米基",总在傍晚时分才出来。在纬度高的地方,在屋外度过漫长的黄昏,本来是一大乐事,但这样一来根本出不了门。不管是脸还是手,只要胆敢露在外面,就会遭到毫不留情的袭击。一不小心,还会扑进眼睛里。被叮过的地方会肿起好大一块,痒得让人受不了。在北极和阿拉斯加,也有这种细小蠓虫的战队。每次看到冒险家的极地帐篷照片，我总会想，不知道他们如何被虫侵扰，照片上倒没有拍出来……

早晨和白天还好。夏天在日落时分出去散步，令人心情愉悦，不过必须穿好长袖。蚊群会一路跟着你。如果傍晚在院子里搞烧烤，得有被虫叮的心理准备。没有防虫药和喷雾，简直没法过，但即使有这些，又能有多少效果呢？这些内情，在赞美山居生活的杂志上看不到。

到了晚上，室内亮灯，就会有大群飞蛾觅灯光而来。拉紧窗帘也没有用。灯光吸引大大小小无数的蛾子，一个个往玻璃窗上撞，发出啪嗒啪嗒的声音。

大窗户前会有大量飞蛾聚集，那就在窗边装上比吸引飞蛾的室内光更亮的诱蛾灯，我接受了工程店大叔的建议。诱蛾灯这名字取得真好。这东西本意是发出更明亮的光，吸引飞蛾从窗边飞走。有两种选择，带杀虫效果的和不带杀虫效果的。带杀虫效果的诱蛾灯，虫撞上去，就会发出咻的声音

斗虫记

被烧死。那声音听起来很可怕，胆小的我就选了没有杀虫效果的。虽然装上去了，但完全没有效果，好多飞蛾仍然撞到观景窗发出声音。最后，它们翅膀上鳞粉的污迹就粘在窗玻璃上。镶死的观景窗让空间开放，让人心情舒畅，只是观景窗一直高到天花板，从外面到底怎么擦呢？这些事，在建房子之前我也没想到过。

诱蛾灯把飞蛾都吸引了过来，就有青蛙寻着飞蛾而来。青蛙来了，肯定就会引来蛇。自然界的食物链就这样展现在我眼前。

八岳南麓隔几年就会有一次大规模虫害。几年前的马陆大行军让人心有余悸。所有的道路和侧沟里，都覆盖着长10厘米以上的马陆，让人躲都没处躲，开车只能轧过马陆前进。被轧扁的马陆，会渗出油脂。我只能祈祷它们不要爬进家里来。

还有一年毛虫大爆发。蓝莓的嫩叶几乎被吃光了。我用筷子夹走虫,但防不胜防。

天气暖和了,蚂蚁排着队爬进屋里。装蜂蜜的罐子里,一团一团的黑色蚂蚁,令人毛骨悚然。这里离院子很远,到底是怎么找来的呢?真是一丝一毫不能掉以轻心。白蚁也是大敌。

天气冷了,跳跳虫(应该是叫灶马虫)挤满了地下室。应该是为了取暖从外面进来的。这家伙死了以后尸体是干的,很容易收拾,清理了好几次,清扫机的垃圾袋都塞满了。

啊,我还忘了另一个可怕的东西。那就是拖足蜂。要是被它叮了可能会猝死。悄无声息地,它在我的屋檐下筑起了大大的蜂窝,被装电路的人发现了。那个蜂窝像艺术品一样完美,但我不能就这么放任它。我是个外行,毫无办法,只好请专业的人把它拿掉了。

八岳南麓有国蝶中的大紫蝶，会来访问我的庭院。到了夏末，红蜻蜓会在阳台上翩飞。但并不都是给生活添彩的虫子。在自然中生活，就是跟这些虫子共存。在建房子之前，都没有人告诉我这一点。

八岳鹿情报

我在八岳的别墅取名叫"鹿野苑",有人会读作"しかのえん",正确的读法是"ろくやおん"[1],是释迦牟尼开悟之后讲解佛法的印度园林的名字。我本没有什么信仰之心,取这个名理由只有一个,这里真的有鹿出没。这是我随手起的名字,在土地编号、地图上当然没有。我说自己的地址是"鹿野苑内",有些人会觉得我是不是住进了宗教团体办的养老院,当然不是这回事。因为叫鹿野苑,有个定居在这里、擅长木工的老爷爷,用白桦圆木给我做了一头白色的鹿。我把白鹿放在门口,想告诉来访者,绕过鹿就进来了。天长日久,白鹿也褪色朽去了。

---

1 前者为日文中汉字的训读,后者为音读。音读较接近汉语中的读音。

在八岳南麓，直到最后

树林里整理出来的空地，对鹿群来说是绝好的通道，它们会在我的庭院里留下足迹。我对鹿的生态有所了解。一头雄性首领鹿由好几头母鹿陪伴，一个大家庭一起行动。说得更准确点儿，公鹿往来于母鹿的领地之间。只有母鹿允许的公鹿，才能进入它们的小团体，所以鹿群是母鹿挑选公鹿的母系族群。在领地内活动时，一头引人注目的大鹿周围，跟着几头成年鹿，还有小鹿跟随，不会单枪匹马行动。我从工作室的窗户看到鹿，就会停下来仔细观看。一头鹿身后，一定会出现好几头鹿，耐心等待，就会有一群鹿，时而缓慢，时而蹦蹦跳跳，响着蹄声，从我眼前横穿而过。大鹿抬着头，对周围警戒万分，履行着头领的职责。有时候我们会对上眼睛。野生动物都很美丽，特别是鹿的眼睛，非常迷人。

我忍不住要汇报鹿的情报。晚上开车回来，我曾在路上遇到它们。车灯雪亮，它们也不逃走。鹿的双眼放出红光。要是不小心撞上，鹿会倒霉，车也会倒霉。所以开进林中道的时候，我就会减速慢下来，遇到的时候，只能等着鹿转身跑进树林里。

在当地从事农业的人，都清清楚楚把鹿叫作"坏家伙"，说起来就皱眉。听说八岳南麓因为山林缩减，鹿从山上跑到海拔低的村子，数目还增加了。种蔬菜也会被鹿吃掉。所以，菜园里通常装上了阻止鹿进来的围栏。虽然煞风景，为了收获，没办法。有些地方不是禁猎区，据说在那里可以射杀鹿，留出缓冲地带。但在树林里散步时被霰弹枪射伤可不得了。

鹿野苑也被鹿糟蹋了。到了冬天，也许是食物少了，它们会把树皮剥下来吃。正好在鹿头能够到的高度，树皮干干净净裸露出一圈，一眼就能看出是鹿干的。树皮被剥掉一部分的树，吸水性变差，最后枯死了。真是让人头疼。还有，到了春天，它们会吃柔软的新芽。院子里的萱草，夏天会开出鲜艳的橙色花，它们把萱草嫩芽全吃掉。萱草这种山里野菜可以做成拌菜吃，不光是人，兽类也觉得好吃。萱草好不容易越长越多，一簇嫩芽刚冒出头，居然被吃得一干二净，真让人对那些鹿勃然大怒。

　　除了鹿，这里还有野猪、狸猫、狐狸、果子狸。野猪会把种下的土豆全都挖出来吃掉。我家很小心地种下的卡萨布兰卡百合的球根，也被挖起来吃掉了。百合根是高级食材，我不禁佩服它们，还真熟知人间美味啊。吃掉百合根的大概是鼹鼠。鼹鼠建造的地下通道工程，泥土东一堆西一堆堆在洞口。

有些流浪猫也野生化了。我知道它们在地板底下，但它们敏捷得很，根本不让人接近。家里的肉和鱼有吃剩的，就放进盘子里拿出去，第二天早上就没了，看起来被吃掉了。它们也许在跟果子狸和狸猫抢东西吃。真希望它们活下去，不知不觉间，我开始叫它们"外面的孩子"，跟"家里的孩子"相对。宴会之后，我会说声"给外面的孩子点儿吃的"，把剩菜拿到屋外，已经成了习惯。

所以，野生动物不光是可爱。在它们看来，它们才是原住民。是后面来的人，给它们添了麻烦。

夏天的超简单食谱

八岳的夏天来了。

夏天到处是食材的宝库。八岳南麓除了米和荞麦,还出产多种多样的蔬菜和水果。水源丰富,日照时间长,高地气候下,早晚的温差很大。这样一来,食物就没有理由不好吃。

近来八岳也有了更多跟观光地定位相符的餐厅,我待在山里的家里时却很少出去吃。我很享受在家做饭吃,出去吃很浪费。在朋友中间,有些人喜欢吃,也喜欢招待人吃,这些人会请我去吃饭。作为回礼,我也会招待他们。

吃着新鲜的食材,烹饪方法也会变得朴素。在这里,我有度夏的秘藏菜谱。烹饪方法非常简单,也许会让你们大吃一惊。

山梨县是水果的王国。从初夏到秋天,樱桃、桃子、葡

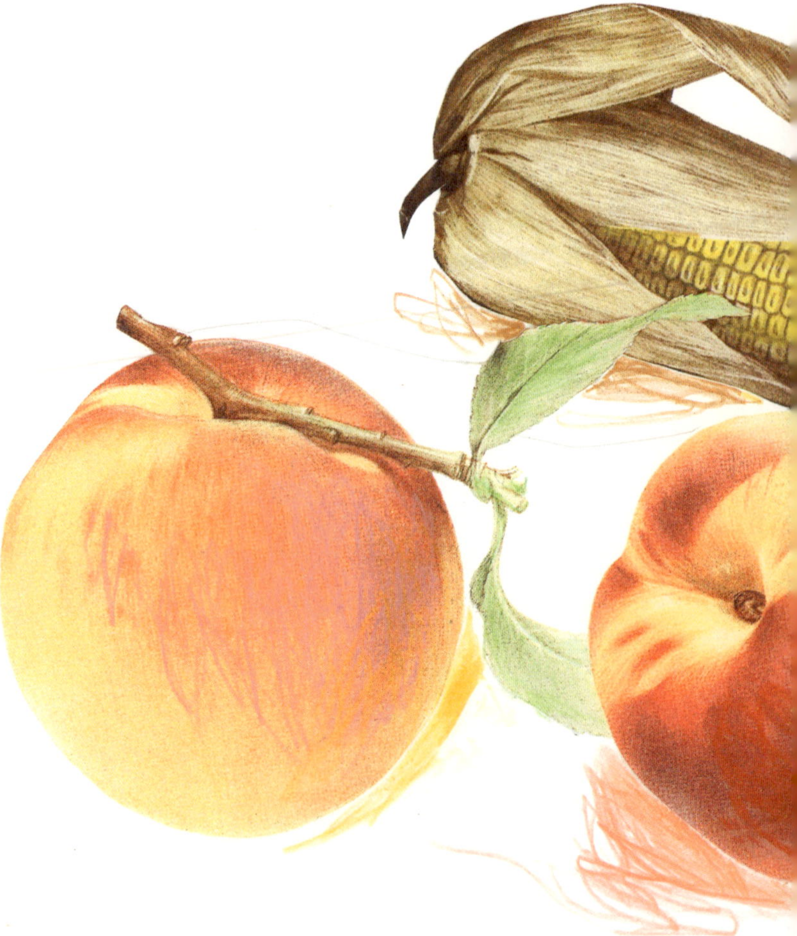

萄、苹果……一个个迫不及待地上市。山梨县是桃子的名产地。听说当地的人喜欢不削皮，直接啃长着茸毛的硬桃。这我可做不到。桃子的名产地新府有选果场，一大早就开始接受地方上的订货，次品就用低价卖出。当地的人知道行情，一早就开始排队。我一年就去选果场一回，买当地的桃子寄给照顾过我的人，这已经成了习惯。

那么，多出来的桃子怎么办呢？做成果酱和糖水桃子是一般的做法，我迷恋的则是桃子的冷制浓汤。把熟透了的桃子切碎，放进酸奶和牛奶用搅拌器搅拌。大功告成了。盐、糖、辣椒都不用加。专业厨师会把这叫鲜奶油，但没那么麻烦。我把这浓浓的薄桃色浓汤，在早中晚餐上当前菜。嗯，夏天到了，这就是幸福满满的一刻。每天吃也不会厌倦。桃子的品种换了，甜味、香气、颜色也会随之改变。

第二种超简单烹饪是冷制玉米浓汤。选新鲜的玉米，生的也没关系。蒸熟，刮掉玉米粒，冷冻起来。取适量，放进牛奶里用搅拌器搅拌。大功告成。盐、胡椒、肉汤都不需要加。要说玉米的香甜和微微呈现黄色的浓汤的美味，那真是无法言表！有玉米的季节，我每天都吃也吃不厌。最近市场上有知名品牌的含糖量高的玉米，要论新鲜，这边的玉米不论什么品种都可以。品种改良后，就没有惊喜了。浓度总是最重要的。重点是大胆放进够多的玉米，搅拌出黏稠口感。

还有两个独家秘藏食谱。也是超简单，不如说，我都不知道算不算"食谱"。

八岳东麓相连的长野县川上村，是全日本为数不多的莴苣产地。莴苣个头大，一下子吃不了很多。可以烤一下做成汤，或者做成炒饭，那种吃在嘴里脆生生的感觉让人怀念。美国有"蜜月沙拉"，为什么叫这个名字呢？因为莴苣（lettuce）的谐音是"let us alone"（让我们俩待着，别来打扰）。

朋友告诉我一个方法。把莴苣切成大块，装进碗里，堆得高高的，上面撒上韩国海苔，像座小山一样，就可以了。韩国海苔本来就有油和盐分，可以搅拌着吃。我会再稍稍加上一点盐和芝麻油。这样我可以吃掉一大碗堆得高高的莴苣。一个人的餐桌上的烦恼，是买来的东西总也吃不完，但这样吃，孩子头那么大的莴苣，也慢慢饶有趣味地越变越小。唯一的缺点是用手搓韩国海苔的时候手上会沾满油。

最后还有一种，是西葫芦沙拉。西葫芦是南瓜属的一种，一般是烤着吃的，我的方法是生吃。用切片器把西葫芦切成片，摆在平底盘上。一个西葫芦就能放一大盘。上面滴一点点橄榄油和酱油，然后再搓碎海苔撒在上面堆成小山。要想好看点儿，用厨房剪刀剪成细条也可以。总之要撒满海苔，直到遮住西葫芦。这时候用日本产的厚厚的海苔最好。给客人端出去，会有一种豪华大餐的感觉，客人会惊艳。其实做起来很简单。搭配啤酒、葡萄酒、日本酒，都很可口。务必试试哦。

垃圾怎么办？这是个问题

我忘了最重要的事，那就是垃圾问题。

人只要活着，一定会制造出垃圾。就算只在山里住上几天，也会产生垃圾。

在山上生活，湿垃圾还好处理。有很多家庭装有堆肥箱，湿垃圾不处理会腐烂，可以加入酵素，让它发酵。顺利的话会产生疏松的褐色土壤，变成肥料。剩下的蔬菜就很适合这样处理。加了盐的鱼骨和鱼皮丢掉以后，盐分会混进土里，就要慎重了。同样的道理，盐分重的关东煮、腌菜，我也不知道怎么处理，放在冰箱里一不小心就长了霉。虽说已经开了盖子，但这东西也不能多吃。不知道为什么，朋友总觉得我一个人吃饭，肯定需要这些东西拌饭，总是送给我又咸又辣的关东煮。

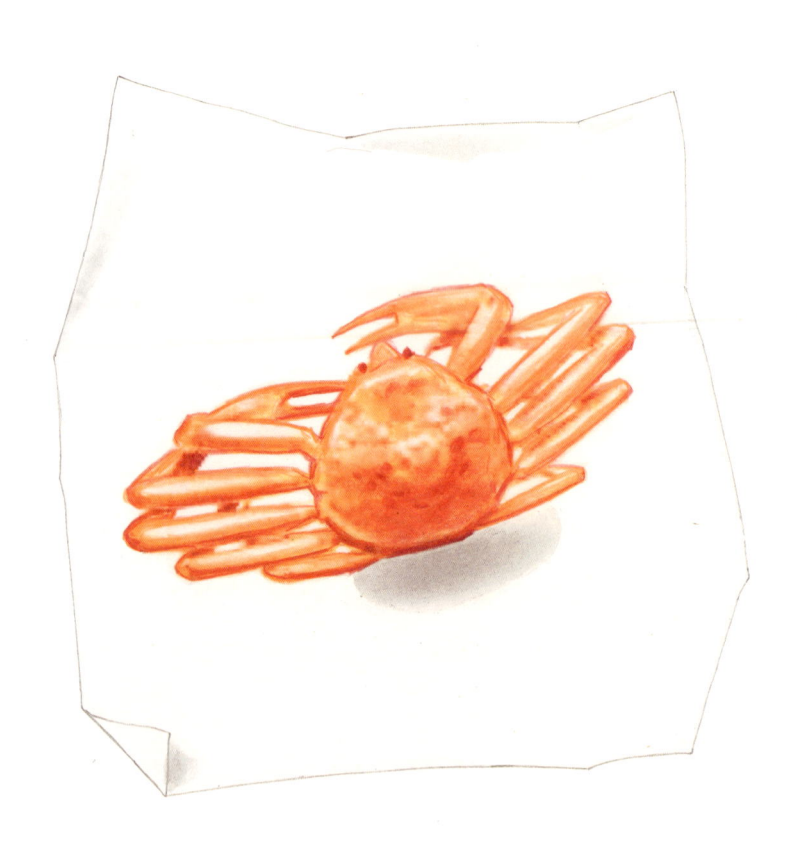

别人送我好吃的东西，心意我领了，不过就不能送点儿鲜虾和水煮雪蟹吗？这么想来，年底确实有人从北陆给我寄来了带标签的雪蟹和香箱蟹（母蟹）。我是北陆地区长大的，知道怎么处理蟹。一个人怎么也吃不了，就呼朋唤友，开了个宴会。大盘子中间摆上蟹甲，周围有蟹钳和蟹脚包围。兴致来了，在吃之前，横着走、跳螃蟹舞是拿手好戏。蟹甲里面有很多蟹膏，弄不出来，就盛上日本酒，放在火上烤。蟹甲微焦，散发出好闻的香味，大家传递喝蟹甲酒……真是让人无法抗拒的宴席。虽然住在山里，有了邮寄，好心的朋友想让我饱口福，托他的福，我也能尝到海味……哎呀，我们本来在说垃圾的事。

蟹宴的烦恼，就是产生了比吃进肚子里的量还多的蟹甲垃圾。有朋友从我家乡金泽的近江町市场买了好多甜虾送给我，我大快朵颐吃了好多甜虾，最后留下了好多虾壳。虾皮蟹壳放在那里很快就会腐烂，散发出臭味。一部分我献给了我那些"外面的孩子"——流浪猫，但还有好多堆在那里。我正在烦恼"该怎么办呢"，一个客人说"可以这样办"，把一块蟹壳扔进了熊熊燃烧的柴火炉。确实烧起来了……但第二天我还要清理燃烧后的垃圾。

说到堆肥，也并不轻松。也不知在哪里闻到味道，夜里会有动物来打开堆肥的盖子，在里面扒垃圾。人用手紧紧关上的盖子，它们到底怎么打开的呢？还真是聪明。我也不能坐视不理。我在盖子上放上了重重的石头，它们还会推开石头打开盖子。于是就演变成了我跟"不确定夜行生物"之间的智力比拼。最后我在堆肥箱上缠上各种绳索，让它们束手无策，但自己也不好用了。真是头疼。

塑料垃圾是最大的问题。住上几天，就会产生好多塑料垃圾。光是开一个食品包装，就会产生一件塑料垃圾。有一段时间，我还会单独把塑料垃圾带回东京。但有些塑料垃圾洗都洗不干净，我把它们放进院子里的焚烧炉跟纸一起烧……当时正好二噁英问题引起争议。据说在低温燃烧炉燃烧塑料垃圾会释放出有害气体二噁英。我也就停手了。

收垃圾是自治体[1]的基础服务之一。当地有个居民自治组织叫作"地区",要扔垃圾就要加入这个组织,要在固定的日子固定的时间拿出垃圾袋。但加入"地区"还要算上红事、白事。说是为了避免给大家多余的负担,白事的礼金一律5 000日元。人都不认识,还要给他的白事尽一份力……不久,别墅派和定居派里,讨厌参加"地区"的新居民越来越多。为此,政府在这里设了垃圾收集处,谁都可以自由地来扔垃圾。但也是有日期和时间限制的,垃圾的种类也要分清楚。

再后来,八岳南麓的自治体通知说,引进了高性能的焚烧炉,不用再给垃圾分类。我在东京的家所在的自治体,对垃圾分类很严格。我已经养成了生活习惯,就算别人告诉我

---

1 指城市、町、村等行政区域。

不用分类,我还是会做好分类。一分类会发现,比起湿垃圾,塑料垃圾的量多得多。啊,原来我免费用了这么多石油化学品啊,有一天肯定会遭报应的。一边这么想,一边把分好类的垃圾一起拿出去,这就是都市人的悲哀。

被书籍包围

我这山里的家，并不是为了休闲建的别墅，它是我的书房和工作室。

我没到退休年龄就从东京大学离职的时候，面临一项艰巨的任务，那就是把书从研究室撤出来。旧帝大的古老红砖校舍，我调过来的时候没有电梯也没有空调，但在东京都内23区里拥有一个空间足够大的办公场所，可以说也是一种特权。一开始给我的选项是没装空调的一楼研究室和有空调但没有电梯的四楼研究室。校舍在东京大轰炸中没有受损，在关东大地震后，考虑到抗震性，建起了三层建筑。在三楼之上，用预制房屋搭起了第四层，这层研究室别名"鱼糕兵舍"，夏天很热（光用热这个字不足以形容），冬天很冷（一过时间，暖气停了，就冷得刺骨），冬冷夏暖，365天跟有空调的房间相反。没有空调简直无法想象，学校说我搬进去的时候会给我重新装空调。四层楼梯上上下下对健康有好处，我怀着这样的想法，选了四楼。

在研究室的 18 年间，我运进去的书应该超过一万本了吧。在离职时，要把这些书全都搬走。我已经把数量减到一半了，但还是有大量的书被留下来了。我离职时，已经装上了到四楼的电梯（那也是因为我招收了坐轮椅的研究生），搬出来变得容易了。要是没有电梯，要抱着重重的书箱下四层楼的话……光想想就要头上冒冷汗。

那个时候，我就想到，幸好我建了山里的房子。我认识的学者里面，有人在东京都的公寓租房子当书房。我也住在东京都内的公寓，每坪单价几百万日元的空间，放书太奢侈了。山里的房子，我一开始就准备用来当书房，于是让人在墙壁的一面做了整面墙的书架，一直到天花板。我知道堆起来的书会很重，所以基础工程做得很扎实。

山里的工作室，是60平方米大的一个宽敞房间。我去北欧的高福利国家访问的时候，听说高龄者住宅的标准是人均面积60平方米，确保自己有这么大的空间，简直是个梦。工作室基本上都是我一个人用，我说要么洗手间不要装门，就那么保持开放，设计师说"你是没问题，客人来了可不好办"，我只好不情愿地装上了门。顺便说一句，在调查独居生活习惯时，最能引起同感的是"开着门上厕所"。去别人家，也会感到惊讶，原来上厕所是要关门的啊。

　　这位设计师也给了我其他建议。我想把屋顶建成普通的山形，他却问我："要么索性做成单面坡？"于是我有了天花板最高4米的开放空间。去朋友山里的家，知道有很多家里白天也要开电灯，家里光线很暗。为了充分采光，我装了高到天花板的镶死玻璃窗。我这里电脑、打印机、Wi-Fi（无线上网）一应俱全，工作设施应有尽有。

　　新冠疫情没有给我任何影响，就是这个原因。办公线上化越来越普及，远距离的讲课和演讲、Zoom（视频通信软件）会议甚至是女子会，一切都线上化了。在新冠疫情之前我也用过Skype（即时通信软件），但当时毕竟只是现实生活的替代，现在远距离使线上办公成了理所当然，甚至让人怀疑，有必要特地在现实中见面吗？就算政府要求减少外出，不要跨都道府县境行动，我也毫不为难，甚至会觉得，以前那些跑来跑去的日子，到底有必要吗？

我吃惊地发现，自己竟然如此耐得住"一个人的生活"。对了，我从小就喜欢"读书"和"写作"，只要有这两样东西，就可以生存下去，我再次确认了这一点。被堆到天花板的书包围着，在这图书馆一般的空间里静静地一个人生活，就是我无上的幸福时光。每一册书，都把我带进另一个世界，就像是机器猫的"任意门"。这个空间里，到底有多少个异世界的入口啊。

不过，我忽然想到，等我走了，这些书会怎么样呢？最近，听说因为空间不够，还有管理上的问题，大学和公共图书馆会拒绝遗赠。立花隆[1]先生去世了，他那栋被书填满的猫大楼，最后怎么样了呢？自己的藏书应该怎么办？我总觉得很烦恼。

---

1 立花隆（1940—2021），日本记者、评论家，被称为"知性巨人"。代表作为《田中角荣研究：金脉与人脉》。死于急性冠状动脉综合征。他的事务所大楼上画着巨大的黑猫脸，在东京文京区。

移居者的小团体

前面讲过，八岳南麓有两种居民，别墅派和定居派。别墅派在都市和第二个家之间来来往往。每周去都市住上四天三夜赚钱，剩下的四夜三天住在山里，来来往往之间，有人重心渐渐转移到山里，在山里定居下来。定居派把自己的住民票也转过来了。

2014年，日本创成会议[1]曾经发表"可能消失的城市"名单，引起了极大反响。八岳南麓这里，人口数年来一直不升不降，移居过来的都是高龄人士。人口虽然没减少，但老龄化率一直在升高。移居者大多是已到退休年龄或者提早退休的夫妻。他们在这里建房子，所以对自治体来说，会增加固

---

1 公益财团法人，以日本社会、经济、文化的变革为目标的专家和团体的集合。

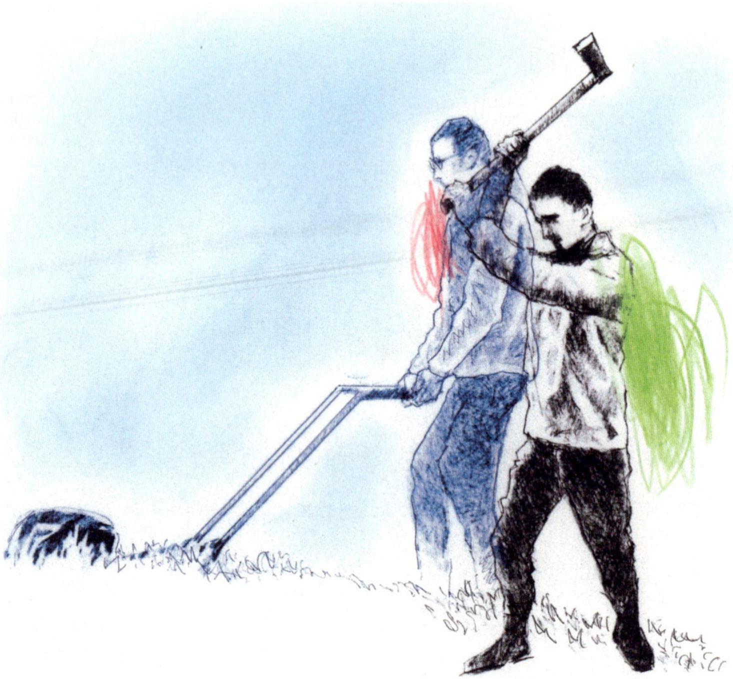

定资产税，是受欢迎的纳税人。

在山里生活，夫妻间关系和睦是必需条件。在这里，车是必不可少的交通工具，如果其中一个人不能开车，就必须依赖另一个人。还有砍柴、割草、出去采购，这些杂务一多，家里里外外的活计，很需要有一个男劳力。

自从搬到八岳，一个和伙伴们一起酿造自制味噌的朋友告诉我，这里有"八岳离婚"的诅咒。和她一起酿造味噌的夫妻，一对一对都接连离婚了。夫妻黏在一起的时间太长，对方身上让人看不下去的坏习惯、容忍不了的举动也越来越多。这么说来，美国人的离婚也多发生在长假之后。夫妻之间似乎保持适当的距离更好。事实上，丈夫在山里住，妻子在城里住，妻子周末不时来访，给他做做菜吃，这样的和睦夫妻也有。但反过来几乎没有。虽然跟梭罗的林中生活不能比，但男性似乎比女性更向往在自然中、独自在孤独的小屋里生活。

啊，我还忘了一种人。那就是当地的原住民（应该叫作旧居民）。我忘记他们是有原因的。因为新居民和旧居民基本上不来往。不打算在移居之地从事农业和其他事业，新居民就没有理由加入旧居民的团体，他们也不会让新居民加入。旧居民之间有入会地管理[1]，还有红事、白事的各种传统，但不加入他们的团体，也没必要去了解。最麻烦的是垃圾的处理。不加入被称作"地区"的团体，就不能成为垃圾收集服务的对象。不过，越来越多新居民对加入"地区"感到厌烦，政府就在地段内设立了不属于"地区"的新居民用的垃圾收集处。每周几次，几点到几点，时间都是固定的，在那个时间段，只要把垃圾带去就好了。

虽说住在乡下，也没有理由一定要加入当地的某团体。要建立家庭、养育孩子，或许需要跟地方上打交道。已经不再需要照顾家庭，或是年纪大了搬过来的人，并不太需要跟

---

[1] 旧居民加入团体需要申报入会地。

地方上打交道，只要考虑两夫妻的事就好。有些家里，都没有准备孩子的房间。

生活在自然中，和生活在乡下，是不一样的。但不管在哪里，还是需要跟人交往，自然而然，就形成了新居民的团体。这是曾有都市生活经验的人的团体，成员都有一定资产，可以在这里盖房子，搬过来，有一定的阶层门槛。出生地全国各地都有，人们并不是因为在山梨有亲戚才选择搬到这里，而是无亲无故，仅仅因为喜欢这地方，才搬过来定居，都很有冒险精神和挑战精神。过去的经历也丰富多彩，有些人有很特殊的才能，有光辉的过去。

这些同伴之间，不喜欢夸耀过去的经历，也不喜欢别人询问：你在哪个领域认识哪位大人物……这里都是平等的关系。保持适度的距离，不干涉对方的隐私，必要的时候也会拜托对方。这里的人际交往形式很成熟。

不过，也有些人名片上写着"原某某"，这种不在我的交往之中。有个男的，没人问他，主动介绍"某人原来是某某公司的总经理……"，或者"某人是某大学毕业的，我是……"，喜欢打探他人的过去。一起聚餐过好几次后，不知不觉间大家都不再去叫这个人聚会了。成人的交往就是如此现实。

我建房子的时候，在周围的团体中间年纪最小。大家都一口一个"千鹤子"地叫我。你下次什么时候来，来我家吃饭吧，会这样招呼我。其实毫无利益关系，仅仅因为在一起很开心，这种人际关系真是值得赞美。

猫之手俱乐部的人们

移居来的定居派,成立了一个"猫之手俱乐部"。起因是一位经历了"八岳离婚"后仍然生活在这里的定居派女士,寻找在她旅行期间帮她照顾狗狗的人。我特别喜欢狗,去朋友家,总是带狗狗出去散步,跟狗狗变成好朋友。也有朋友会跟我说声"狗狗在你这里放一周",把自己的狗狗寄放在我这里,但狗狗从晚上开始就一直在找失踪了的主人,发出哼哼的惨叫,一直到天明。狗狗没有时间感,主人说自己要出去一周,狗狗不知道一周是多长时间,感觉自己被抛弃了吧。再次见到主人时,狗狗欢天喜地,开心得"手足"无措的样子,一点儿也不夸张,令人不得不认输,还是比不过它的主人。

"猫之手俱乐部"的名字,就来自"忙得要借猫爪"这句

080　在八岳南麓，直到最后

谚语，但本来的含义是猫爪根本"派不上用场"，没办法也只好借来一用。不过，俱乐部里的人可不是什么"猫爪"，有人会木工，有人有割草机，还有人会开车接送，大家都各有各的用处。虽说是互帮互助，但总是免费就很难开口，于是发行了"喵券"这种内部货币。1喵 = 500日元，带狗狗散步一回1喵，到最近的JR站接送2喵，要是坐出租车的话要花四倍价钱。

会各种本领的人是宝贝。比起会画画、会做陶艺、会唱歌剧，会做饭是最受欢迎的，这可不是内部货币能买到的服务。俱乐部里面有会做让专业厨师都惊叹的茶怀石料理[1]的太太，也有做荞麦面的名手。比起互帮互助，恳谈会更让人期待。春天开赏花宴，秋天开红叶宴。参加的人都会带来自己的拿手好菜。有人往多层便当盒里放满满的关东煮，也有人

---

[1] 怀石料理原本是在茶事时享用的朴素餐食，所以又叫茶怀石料理。

带了意大利风味的菜。夏天吃流水素面，年末开捣年糕大会。刚捣好的年糕，蘸黄豆粉、红豆泥，就着萝卜和纳豆一起吃。

我也很享受一年举办一次的山野菜天妇罗派对。甚至有人特地从东京赶来参加我的派对。土当归、八角金盘的嫩芽、荚果蕨、款冬的薹、金漆、茖葱，这些都一个个放进油锅里炸，捞起来蘸上冲绳县的粟国盐吃。虽说主厨要一直站着，但招待客人还是很开心。享用完天妇罗之后，吃的饭是樱花饭或者油菜花饭。把腌渍樱花或者京都油菜花切得细细的，拌进刚煮好的白米饭里。樱花饭会染上淡淡的粉色，油菜花饭会浮现出淡黄色。淡淡的咸味让人食欲大增。

那时候真开心啊……回忆总是过去式，是因为大家都老了。比起能提供帮助的人，需要帮助的人越来越多了，失去了平衡。现在，猫之手俱乐部还在，但是停业了。

不久以后，那些夫妻中一个人得了认知障碍症，或者其中一方去世，留下另一方一个人的情况变多了。夫妻一起搬到八岳南麓的高龄人士,后来怎么在这片土地上定居,特别是孤身一人后怎么办,我一直默默观察到现在,因为这跟我自己"一个人的老后"息息相关。

有意思的是,男人孤身一人后,城市里的子女通常会把他们接过去照顾,女人孤身一人后,就会直接在这片土地上定居。本来搬过来就是把这里当作自己最终的栖息地,也算是初心不改了。

其中有一位女性,一开始就是孤身一人来到这里建起新家。她的丈夫很早就去世了,孩子们也长大了,为了过自己喜欢的生活,她来到这片土地。她非常独立。我想知道她是怎么生活的,于是去采访她。她每天的日课、一周的行程都是固定的,从不偷懒。她会在家做瑜伽,睡觉前必然拉筋。不管什么时候去看她,她都穿得整整齐齐,还会戴上首饰。她的兴趣是园艺,庭院总是打理得井井有条。几年前她果断放弃了车,放弃得干净利落。我问她,那很不方便吧?她说她会一周一次，预约出租车，去买东西，处理必要的事情。

她的独居生活太完美了，我都觉得自己模仿不来。我现在拜托她的是，请她学会上网。这样我们就可以在网上看着对方的脸聊天了。网络是老年人的好朋友，没有理由不用。

银发滑雪友

八岳南麓的春夏秋冬,以冬季最美,我前面写过了。不光是冬季的日照时间长,还有一大馈赠,那就是滑雪场。

附近有好几个高尔夫球场。不过,我不打高尔夫球。我一直觉得,那种大叔味十足的游戏,连运动都算不上。相反,我从年轻时开始就是户外派,夏天登山,冬天滑雪。搬到这里来的人,本来就有很多人喜欢山。眼前的八岳群山最高峰赤岳就不用说了,周围高高低低的山,西边屏风一样耸立的甲斐驹岳到东边的瑞墙山,还有被称作假八岳的茅岳,目之所及的山峰都踏了个遍。

不久后我的膝盖有一种不祥的感觉。膝盖一旦受伤,就无法复原。每次站在滑雪场上,我就会想,眼睛、腰、膝盖、腿都听使唤的期限,还有多少年……时日不多的话,只能按

在八岳南麓，直到最后

一个季节、一个季节数了，可不能随便放过。于是我就优先滑雪，放弃了登山。本来就不喜欢出汗，比起登山，我更喜欢下山。这么说来，我有位认识的律师，会坐缆车上山，自己只下山，为此还办了个"中年下山俱乐部"。不过，登山的人都知道，比起登山，下山时发生的事故更多。膝盖受损伤，也是在下山的时候。

之前没有太注意，搬到山里的家之后，发现开车15分钟就有滑雪场。这里不像信州的豪雪地带，很少有大雪堆积，都是人工雪。饱含水分的北风，在北陆和信州下了雪之后，使干燥的冷气越过山而来。夜里的低温足够制造人工雪，早上还有刺骨的冰冷空气。滑雪场的雪面变成了脆脆的冰面，映衬着一碧如洗的晴空。滑雪场都建在积雪地带，待三天会有两天下雪，一天是晴天，那就赚了，这是常识。在这个地方，每天都可以在晴空下滑雪。

这里的滑雪场有季节券。季节券还可以用上老年折扣。有些毒舌的朋友，已经把这叫作"翘辫子折扣"了。滑雪的人，现在好多是老人。年轻人都玩单板了。用打折季节券来滑雪场的人，摘下头盔和滑雪眼镜，都是些头发斑白的家伙。很多人据说是玩了半个世纪以上的滑雪老手，他们还在努力，我怎能放弃，我这么鼓励自己。

开始滑雪后，一大好处是不再畏惧严寒。从晚秋到初冬，天气冷下来，我通常就会闷闷不乐，不过一想到快到滑雪季了，就会盼着天更冷一点，再冷一点。还有一个效果，就是我可以早上早起，过规律的生活。因为滑雪场早上8点半开始送滑雪客上山，我要赶上第一趟缆车。我站在等缆车的队伍最前头，在谁也没有滑过的雪面上，滑出第一道曲线。一小时后，吃完早饭才慢慢出来的滑雪人排着队买缆车票时，我在旁边看看他们，翩然归去。之前平整过的滑雪场，也已经被早起的滑雪客摘了桃子，弄乱了。早起还有积雪，太阳升高，气温上升，雪面也变得坑坑洼洼。跟滑雪场的传送带上上升的滑雪客擦肩而过时，最能感受到快感，我已经享用了最好的雪面。"你们这些家伙，来得太晚了。"回到家后，可以悠闲地吃个早午餐。适量的运动让我食欲增加，这时会有一种劲头：好，一天又开始了！

为了这种快感，冬天我的工作会减半。滑雪场的条件太好了，偶尔有暴风雪和暴风雨，我就会让自己休息一天，不去滑雪。每天早起有点难坚持，我就会对天许愿，今天能不能天气变差呢？但早上起来在床上从窗帘的缝隙看过去，还是晴空万里，可就睡不下去了，我硬逼着自己起床。滑雪场的家伙里,有人用季节券,一个雪季去了 100 次,太勇猛了。我的最高纪录是 29 天。冬天过着这样的日子,滑雪季结束后反而变得运动不足。

冬天本该是被雪和冰封存的阴暗季节,却成了一年里最快乐的季节。我想感谢那些发明了冬季运动的北国人。

除夕家人

盂兰盆节和正月[1]对单身的人来说是魔性时间。因为盂兰盆节和正月是属于家庭的时间，分散各地的家人会趁着这两次机会团聚。城市里，拖家带口的人像退潮一样消失了踪影，连消磨时间的玩伴都没有了。真让人讨厌。这也是因为，单身的人越来越多，没有老家可回的人都被留在城市里了。以前，为了测试高龄者的孤独程度，曾经有个问题是："正月的三天，是不是没说一句话？"我完全被这个问题戳中。

美国也有一家团圆的时间。那就是感恩节。不知是不是没其他人可依靠，美国人很重视家人。住在学生宿舍的话，身边的同学会全部消失。还有些好心人，可怜一个人留下的

---

1 日本正月指1月，正月假期为1月1日至3日。

留学生，请他们来自己的家庭聚会。

送走父母之后，就没有必要再回老家了。不知从何时起，在山里的家过年成了我的惯例。我还交到了单身朋友，可以一起过除夕。我们叫彼此"除夕家人"，只有那一天我们是家人。

除夕那天，从傍晚开始，我们就一起吃着火锅，看红白歌唱大赛。也许有人会惊讶"现在还看那玩意儿啊"，对于没看过某某电视台的唱歌节目的我来说，这是每年一次"看日本"的难得机会。我会有种种发现：哎呀，跳舞的风格变了，日本年轻人的手脚变长了，演歌百年如一的过时感反倒有味道啊，现在年轻人的发音，子音和母音连起来更顺溜了，更像英语了。我一边看电视一边随口瞎说。过了晚上9点，附近的拉荞麦面名手会送来刚做好的荞麦面。还有他太太手制的绝品荞麦酱油。为此，我会准备好原产芥末，一半送给拉荞麦面名手。荞麦面是二八细面（小麦粉20%，荞麦粉80%），

除夕家人　093

按照他的要求，焯水时间要严守40秒。我用厨房闹钟死死定好时间，一捞起来就马上放进冷水。本来肚子已经饱饱的了，这些荞麦面不知不觉又吃进肚子了。就这样，"辞旧迎新"开始了。除夕夜的钟声从电视机里传出来。几年前，住在京都的朋友还会去家附近的法然院撞钟，在现场给我直播钟声。

12点将近，我们开始倒计时，12点准时在"新年快乐"的祝贺声中打开香槟。

我们这些除夕家人，都在全世界到处乱飞。不时会有人去了国外，人数少一个。除夕家人本来一共四个人，其中也终于有两个人离世了。去年的除夕家人只剩两个人，真寂寞啊。正这么想着，正好一个住在北海道的单身朋友翩然而至，在我这里过了年。后来，他还遍游了雪中富士山的山脚，拍了很多照片回去。一个人真好过。不管去哪里，都没有必要跟谁商量，获得谁的允许。

第二天一早，我扔下还躺在被窝里的其他"家人"，新年第一次去滑雪。这可是最棒的享受。元旦的滑雪场是不为人知的游乐园。昨天晚上大家都在熬夜，孩子们这一天也不会出门。来滑第一场雪的都是当地的熟客。在空荡荡的滑雪场上画出第一条曲线，滑一个小时后就赶快撤退。回去后喝大福茶和屠苏酒，吃订好的正月饭盒。虽然不是什么无上美味，但沾着福气，为了有正月的气氛，我也准备了多层饭盒。饭盒里只有关东煮，用的是有妈妈菜味道的鸡汤。据说金泽过去用的是鸭汤。这么说来，我记得以前收到羽毛鲜艳的打来的野鸭时，还是虫子都不敢杀一只的优雅姑妈拔了野鸭的毛，洗干净了野鸭。

正月饭盒吃不完，我就会邀请附近的夫妻来吃。现在就算有孩子，正月里孩子不回家的情况也越来越多了。有时孩子去了国外，无法早早归来。而且在疫情期间，回国可是件大事，那时还有要求，回国后要有10天的隔离期。也许那对夫妻正百无聊赖，我一叫就乐呵呵地来了。于是宴会又开始了……就这样，一个人的除夕和正月，还真是繁忙。

身边的单身人士越来越多了。今年的"除夕家人"选谁呢？分分合合，不断重组的家人也不错。有意想不到的人加入进来，就有意想不到的故事发生。一个单身女人有这样的乐趣，一个单身男人又是怎样度过自己的除夕和正月的呢？

线上阶层

新冠疫情蔓延开来有三年。奥密克戎、BA.5 型，各种病毒新株层出不穷，现在已经是第七波了，还看不到结束的希望。这样的事态谁曾预料到呢？

新冠疫情一开始，我就在山里的家隔离。当时山梨县连第 1 号感染者都还没有出现。那时政府还没通知大家避免跨越府县境的移动，来往各地还没有变得困难。当时，住在澳大利亚的朋友告诉我，越过州境的移动会被罚钱。我的车牌照在东京都内，听说有些县外牌照的车会被扔石头、划伤，幸好八岳南麓的居民很习惯县外牌照，没有什么让人不快的事。

支撑新冠隔离生活的是网络。很多工作都取消了，但同时，很多线上的工作找过来了。实际一尝试，才知道线上工作没有任何不方便。演讲、会议、采访、对谈，都可以在线上解决。我马上习惯了Zoom和Webinar（网络研讨会）的操作。使用WhatsApp，可以马上实现带影像的对话。Zoom这个程序，似乎在新冠之前就有了，但快速普及开来是在新冠疫情中。以前不能出席的参加者会用Skype连通，一起开会，是现实交流无可奈何的替代品。但一旦过上了线上生活，就会想，为什么一定要见面呢？反而需要有足够的理由说服自己。有很多人经历了线上生活，说是再次感觉到了面对面的真实感，但我完全没有这个感觉。在会议结束时，虽然会说一些社交

辞令，希望下次面对面交流啊之类的，其实见不见面并不重要。

首先，免去了移动成本。1小时半的讲演，往返需要5小时，线上就不再有这个必要。在开讲前1小时没到，主办方就会很不安，结束后也不能马上回去。最让人头疼的，是结束后的恳谈会。一般都是站着的酒会，或者是在随便的居酒屋。食物都不太好吃。会有人来跟我说话，但都不是想听我的话的人，而是想让我听他讲话的人。让人深切体会到，人这种生物，与其说对他人有兴趣，不如说更希望他人对自己有兴趣。我是个好奇心很强的人，最后会成为一个很好的倾听对象，会问："啊，然后呢？""当时你是什么感觉？"社会学家都是采访高手，不介意当听众，结果别人说话的时间比我还长。回家路上不禁感叹，啊，出场费不高，还要加班。

线上就没有这种烦恼。只要关上屏幕，瞬间就回到了自己的时间。

内阁府正在进行"关于新冠疫情时期意识和行动变化"的调查。结果很有趣。"在新冠疫情下，是否进行了远程工作"，针对这个问题，回答有过远程工作经验的占比为平均20%，从年收入300万日元以下到年收入1 000万日元以上，成正比升高，1 000万日元以上的高收入阶层超过五成有远程工作经验。也就是说，越是高收入者，工作越多在线上进行。

事实上，在其他调查中，也有正式社员可以远程工作、非正式社员被要求通勤的情况。把线上可以完成的工作和不能完成的工作区分开，从事前者的人叫作"线上阶层"，这个有趣的词出现了。

线上不能完成的工作叫作基础工作，从业者备受赞扬，但劳动条件并没有因此变好。在新冠隔离中，更让人感激的是快递员。他们每次来，我都要双手合十感谢。

如果工作都能在线上完成，那就不在乎身处何方了。也许是这个原因，更多的国际会议也邀请我参加了。没有航空交通费，就可以轻易开口邀请了。也没有一定要蹲在东京都内的办公室附近的理由了。没必要再品尝那通勤地狱的滋味。据说，因为这个，搬到其他地方去的人也多了，都不是退休的人，而是正当壮年的人。费用相同的话，在地方上能过得更宽裕。在八岳南麓，也出现了更多丈夫做自由职业、妻子搞福利事业的带娃夫妻。

要远程工作，家居必须实现智能化。我山里的家很早就装上了 Wi-Fi。然而，结果就是……就算我远离都市，不管在哪里，只要打开电脑，就逃不开工作。

多地居住

"周末在山梨",这句口号是山梨观光宣发机构喊出来的。

我山里的家所在的北杜市,宣传口号是"水、绿色和太阳之乡"。确实,在日本有名的长时间日照,八岳南麓丰富的潜水,森林和草原覆盖的绿色沃野……招牌上并没有撒谎,但还是让人不禁要打趣:是不是就只有这些啊?不过,慢慢地,我认识到,这些就够了,除此之外还需要什么呢?

八岳南麓的北杜市跟长野县县境相接。开车再走一会儿,就有原村、蓼科这些自古以来就名声在外的避暑地。还有名字奇怪,叫"学者村"的别墅区。

"周末在山梨",听到这句口号的时候,我有几分不能接受。不知为何,"周末在长野"听起来更有格调(笑)。我买的地定在山梨，也会让人马上想道："山梨县啊，金丸信[1]出生的信奉钱权的土地啊。"与此相比，长野县自古以来就是教育大县，岩波书店的创始人岩波茂雄出生在那里，诹访市的信州风树文库还收藏了岩波书店自昭和二十二年（1947）以来的全部刊行物。茅野住着岩波家，还有令人怀念的法国餐厅"Chez Iwanami"，我不时去造访。长野县的别墅开发规定从一开始就很严格，300坪以下不卖，山梨50坪以上就可以卖，开发迅猛，这也是两地行政方面态度的区别。

如"周末在山梨"这句口号所示，八岳南麓有很多两地居住的人。如果问他们：您住在哪儿？一时半会儿都答不上来。大多是来来去去，算不上定居者，也算不上度假客。我本是东京都内高层公寓的居住人，过着名副其实"双脚不着地"的生活，也是因为在他方有山里这个接地气的家，才能

---

[1] 金丸信（1914—1996），日本政治家，曾历任参议院议员、副总理、建设大臣等职。曾卷入贿选丑闻。

多地居住 105

保持平衡，不以为苦。

田中康夫当长野知事的时候，自己的住民票不在县政府所在的长野市，而是移到了150公里远的泰阜村。田中先生曾经在县政府一楼建了玻璃墙的县知事办公室，在县议会是少数派，跟长野市的关系也不怎么亲密。泰阜村的松岛贞治村长（时任）在介护保险出现之前就是提供24小时免费访问介护的"福利村"的头号倡导者。县知事的住民税，年约200万日元，对当时人口约2 000人的泰阜村财政来说是一大笔钱。不服气的是长野市。为什么要从交通不便的泰阜村去长野市县厅上班呢？甚至发起了审查请求，要查查田中康夫的住民票是否有虚假记录，为此还设立了"住所认定审查委员会"。成员有土屋公献（日本律师联合会原会长）、杉原泰雄（宪法学者），还有身为社会学者的我三个人。为表慎重先说一句，我跟田中先生见过面，但没有任何利益关系。人选出乎我的意料，但也因此有幸跟土屋先生、杉原先生这些人品正直的人亲近了起来。

裁定的结果是,"多地居住"没有问题。我还要申明一下,我们三个人之间没有任何密谋,大家的意见一致。本来宪法就规定了"迁徙的自由""居住的自由",在迁徙越来越频繁的时代,用是否在住民票所在地实际居住来判定居住地,是时代的错误。当时田中先生在长野市内的公寓、轻井泽的老家、东京都内的住宅,还有泰阜村的暂住点好几个地方间来来去去。长野市那边提供的资料里,还调查了水表的计数,有详细的数据来确认是否实际居住。政府的执念令我惊讶。

比起那时,时代又进步了很多。不管身处何方,在网上就能相聚的现在,有什么必要把住所定为某一个地方呢?不仅如此,住民税要是能选择交给自己想支持的自治体就好了。这是一种家乡税。那么,上下水、垃圾收集这些基础行政服务成本谁来支付呢?对这种疑问,答案是,正因为如此，生活在某地的人，不管有没有住民票，都要负担消费税。日本的社会保障有必要摆脱住所地主义，这是专家们的一致意见。

驾照什么时候交上去

乡下人嘴里的"就在附近"总是骗到我。问路的时候，对方说"就在附近"，结果开车要10分钟以上。我们的距离感完全不一样。在这里，任何走动都靠开车，不到半小时的车程根本算不上"远"。

因此，住在乡下，车是必需品。就像木屐一样，有些家庭有几个人，就有几辆车。这绝对不是奢侈品，而是生活中不能缺少的工具。

以前的人好像都很能走路，现在越是乡下人走路越少。去稍微远一点的邻居家，或者是买东西，开车也是理所当然。从山里的家回东京，一天的步数会一下子增加。JR和地铁，光是换乘也要走很长距离，最后运动量都相当大。乡下孩子在自然中精神抖擞地跑来跑去，那是以前的事了。去问学校

在八岳南麓，直到最后

的老师，他会告诉你现在乡下的孩子也都每天在家里打游戏。如果这样的话，还是参加游泳俱乐部、足球队的城市孩子运动量更大吧。

从东京都内的家到山里的家，走高速公路，从一扇门到另一扇门正好两小时。一个人开车的话，这个时间距离正好，但是，这种日子什么时候会结束呢？这就是问题。今年我要更新驾照。在申请前我接受了高龄者培训。再过几年，我就要成为"后期高龄者"了，那就需要认知障碍测试了。驾照要交上去，还要几年？我还能开几年车？有乐观的朋友预测，没事，到时候自动驾驶就成熟了，从自己家到山里的家，车可以直接载你去，但我能等到那个时候吗？

于是，我开始关注起周围的移居居民的驾照上交问题。曾经的移居者团体猫之手俱乐部，成员的平均年龄已经到了 80 岁，其中有人都已经 90 岁了。有些夫妻中一方已经去世，也有些夫妻中的一方得了认知障碍症。夫妻只有一个人会开车的，另一个人全面依赖他，以后剩下来该怎么办呢？

在这片土地上，很难想象没有车的生活。有人 60 多岁想建别墅，来找我商量，我会说："正是好时候。"但马上也会加上一句："不过，你们得会开车。"没办法，邻居都相隔 100 米以上，不管是买东西还是看病，没有车都是不行的。

已故的俵萌子[1]在赤城拥有陶艺工房和美术馆。一天她从东京都内的自家公寓沿高速蜿蜒前往赤城，被后面卡车的驾驶员发现时，已经被撞到中央分隔带，全身复杂性骨折，是在医院醒过来的。不知道什么原因，她好像失去了意识。她说："幸好有车，救了我一命。"她开的是奔驰，很结实。如果

---

[1] 俵萌子（1930—2008），日本评论家、作家、政治家。以女性、家庭、老人、教育等为中心展开评论。

是以车皮薄为卖点的日本车,早就被压扁了,人也夹在车里了。自此以后,她就不再开车,出门都坐火车,然后换乘附近租的小型车。说是这样的话,就不会超速,就算出事也不会是大事。

观察周围的人,决心上交驾驶证的,大多是遇到了无法挽回的大事故。放弃开车就是这么困难。我认识的夫妻里面,有妻子在开车时没能避开对面来的车,冲进田里,车也坏了。还有男性,在看不清楚、没有信号灯的路口,一下子没停住,摇摇晃晃探出车头,车身被猛撞上。还有男性倒车时没看后视镜,撞上后面的车,被人骂了。有各种各样的原因:注意力散漫、判断力低下、视野狭窄、反应迟钝……都是年纪大了伴随的身体功能衰退。如果是自损事故,把车撞坏了,自己受伤了,也没有办法;如果把其他人撞伤,那就更可怕了。

有位单身女性,自己放弃了开车。她每周一天,定下外出日,坐出租车去买东西,去美容院。考虑到车的维修费,这样或许还更便宜。

每次奔驰在上上下下急坡很多的中央道,我都不会减速,直接冲上急坡,这是我的乐趣……我忽然想到,这样的日子还能过多久呢?

开车的乐趣

我对奢侈品和珠宝都没有兴趣，但很喜欢车。车是我少数的兴趣之一。虽说我喜欢车，但也不是那种买了好几台古董车放在车库里的玩家。车对我来说还是出行时的实用品。去八岳的山庄必须靠开车。当然也可以乘JR和出租车，但每次都要带上电脑、书还有食材这些大件物品，只能用车了。

到目前为止，我开过的车里面，感觉最好的是日产Skyline GT4。那是四驱车，我会把滑雪板架在车顶上去滑雪场。开车时踩油门加速非常快，等信号灯的时候，也比其他的车发动快，经常诱发我不必要的超车。我也入手了刚上市的全自动敞篷本田 CR-X delSol。本田出 S2000 的时候，我也很想马上买下，但听说只有手动挡的，才死了心。说到手动挡车，我在德国时曾去找宝马车行，问他们有没有自动挡的。对方说，那是给女人和美国人的。那礼貌但倨傲的回答,搞得我很后悔问出这个问题。

有一段时间,我拥有两台车。一台为了在冬天走雪道,无钉防滑轮胎、四驱必备。另一台是擅长爬坡和在起起伏伏的中央道行驶的高速性能绝佳的运动型。这两种性能不能兼具,所以才买了两台车。第二台车我最终没抵挡住诱惑,鬼迷心窍买了敞篷车。宝马Z4双座汽车,原则上旁边不坐人。那也是因为几年前有一辆十多年车龄、款式古老的宝马敞篷车在我面前停下,从车里下来一个银发的帅老头,我立刻对这辆车产生了憧憬。他的银发精心打理过,车也打理得很好,看起来他真的很爱护这辆古董车。当时我想,等我变成了老婆婆,我也要一头银发,从宝马敞篷车跨出来……

我的第一台车是智能电混双擎的丰田凌放,这

开车的乐趣　　117

款 SUV 集中了丰田的技术精华，不管是什么样的雪道，都可以胜任，带我去滑雪场，是我的绝佳伙伴。油箱容量也很大。不光是滑雪板和滑雪用具，在介护期间，还可以放上轮椅。我开着这辆车不知去过多少远方。新款智能电混双擎，不光抹去了那鹰的标志，还变成了城市型的小轿车车型，不再像一辆户外车，真是可惜。

我的第二台车——宝马 Z4，其实没派上什么用场。只是在春秋两季的某段时间，打开顶篷，在绿色中疾驰，让人感到痛快，但下雨天就不行了，而且夏天太热，冬天又太冷。还有，中央道全是隧道。有时我开着敞篷车穿过笹子隧道、小佛隧道，会碰上摩托车（通常是男人载着女伴），在弥漫着摩托车废气的隧道里奔驰，瞅过去还真傻。宝马 Z4 的车身离地只有 9 厘米，雪稍微积得厚一点就不行了，在结冰的路面上，轮胎打滑，一步也前进不了。不只如此，我山里家门口的道路没有铺沥青，是石子路，每次下大雨路都会被淹，车轮子陷在里面就拔不出来了。有一次不得不通过这条路去主干道路，我小心翼翼地驾驶，还是陷进水坑，底盘刮伤，转动轴也断了，我只好把车拿去修。这车就不是在山路上开的，我有了深切的体会。还有，从 12 月到 3 月车完全处于冬眠状态，也不能让它一直沉睡，不时要开开引擎。真是麻烦得不得了。

不过，德国车的好处，我在德国的时候已经深切体会过。没有速度限制的高速公路网，车型和司机的技术决定了车的位置。奔驰车主一踩油门，从身后以 200 公里的时速接近，大多数车都会退避三舍，远离超车线。跟奔驰不相上下的就是宝马。它的高速稳定性能很好，速度越快，方向盘越重，滑动阻力越大。看前面的车每次下坡都要踩刹车，自己就偷偷窃喜，不用刹车也可以安全下坡。运动型车辆车轴很硬，道路的凹凸会一一撞上，身体震得很不舒服。宝马的宣传页上写的是"Freude am Fahren"（奔跑的快乐），确实很有驾驶的快感，也因此麻烦了好多次蒙面警车[1]……

车有两台，但身体只有一个。我也不能每天开着车兜风。虽然已经开了十多年，行驶里程还没到 8 万公里。

最后，我还是含泪放弃了我那光要花工夫却没什么用处的暴脾气小娘子敞篷车。引擎、电动车篷都没有任何问题，但最后的鉴定价格还是便宜得让我吃惊。不过，在那十多年里，有了它我还是很快乐。

---

1 日本有些警车会伪装为一般车辆，维护交通规则或进行案件搜索。

中古别墅市场

一个60多岁的朋友找我商量，说在大自然里拥有一栋别墅是他的梦想，但也不知道还能活几年，想要投资一栋别墅，不知道应不应该。

趁还活着想做什么就做吧，我很赞成。60多岁的话，还有10年、20年，可以享受别墅生活。天下没有不散的筵席。如果能把晚年过得丰富多彩，而且有这个条件，有什么好犹豫的呢？本来就是为了现在才工作赚钱的。

我有位男性朋友，患癌症去世了，他曾经的梦想是开保时捷。这个梦想并非遥不可及，但最终还没实现人就走了。想做的事没做过就走了，真是个笨蛋，我追悼他的时候想。

而且，最近八岳南麓的二手别墅，都在以便宜得惊人的价格出售，带土地的独栋别墅，500万日元左右就能买到。比起在城市里买公寓，这价格真是让人难以相信。伊豆和草津都有度假公寓，据说一户300万日元可以买到，但听说空房间像梳子齿一样越空越多，疏于管理。而且，从都市的公寓，搬去乡下的公寓，多无聊啊，享受丰富多彩的大自然才是无可替代的。

虽说如此，定制的别墅却很难卖，也很难买。我陪朋友去看了好多家，算是了解了主人的各种怪癖。可以说是个性，也可以说是其他人难以理解的执着。为什么某处要这样，每次看到这些细节上的坚持，就能感受到建别墅的委托人的梦想和心思，但很难跟他们共情。日本的房屋大多是nLDK格式[1]，这让人觉得很不可思议，所以才有中古住宅市场吧。就像租车，不管哪种车型，租来就马上能开，正因为规格化、标

---

[1] L为起居室，D为餐室，K为厨房，n为卧室的数量。如3LDK是指3间卧室+起居室+餐室+厨房的房型。

中古别墅市场

准化了，才使流通成为可能。

中古别墅可不是这样。虽然惊叹于他人的坚持，但自己住必须得符合自己的需求。我在海外生活时合租过别人的房子，得顺着别人的生活习惯，那是一段时间内的事。一旦变成生活的地方，别人的坚持都会变成自己的不爽。

八岳南麓的别墅历史都不长。像轻井泽、蓼科那样，战前父母就有别墅，自己在别墅里度过童年的人很少。大部分人都是快到退休年龄搬过来的，孩子都已成年。其中还有夫妻过着二人生活，连给孩子的房间都没有。父母的别墅，孩子们不熟，也很难想象他们会继承。实际上，孩子都很少过来。不仅如此，孩子们恐怕都没有维护别墅的经济实力。

所以，八岳的别墅都是只住一代人。那就放在中古市场上卖吧。一个朋友为了全年在那里居住，买了一对老夫妻全屋铺设了暖气的别墅。家具器物一应俱全，可以拎包入住。

住了16年,又打包全卖掉,没什么损失。有次去参观一个企业的休养所,两翼各五室、一共十室的大宅子,正中央有贴着瓷砖、像温泉一样能看到外面景色的浴场。含土地3 700万日元,可以跟人合住,我很想出手,但转念一想,这么大的建筑,要怎么维护呢?还有在可看见富士山美景的土地上,有钱人不惜工本建起了别墅,房间媲美高级宾馆,我也去看了,地毯配上枝形吊灯,那暴发户气质让我避而远之。这里好、那里不好的建筑很多,但适合自己的很难遇到。

不过,我的家算是书房,是一种特殊的建筑。这房子,以后谁来用呢?有60平方米的开放空间,也许会变成日间介护所[1]或者聚会的场所。但通往玄关的入口有台阶,年纪大的人怎么上来呢?

---

[1] 在自家生活的老人白天去接受介护和技能训练的场所。

所以，我的房子要是放到中古市场，也很难找到合适的买主。在此之前，怎么处理满坑满谷的书、书、书呢？我也迎来了倒数的年纪，虽然还早，我也开始每天为此担忧了。

从两个人变成一个人

搬到八岳南麓来住的人,都是60岁左右的人。里面也有不到60岁退休,50多岁就搬过来住的,还有从年轻时就两地来来往往,最后在八岳定居的人。退休成为一个节点,也许是因为退休金变成了建房子的资金。60岁退休,现在的人肯定感觉太年轻了。还有20年可以生龙活虎。要买土地建房子,也是需要能量的。

移居过来的大部分都是夫妻。孩子们早已自立,不跟他们住在一起。有很多夫妻两个人都跟山梨没什么关系,只是因为喜欢才选择住在这里。两个人都跟自己的出生地、亲戚保持一定的距离,对双方来说,这都是块未知的土地,在这里开始新生活,双方平等,夫妻感情很好。

退休后搬家,有些夫妻会去其中一方的家乡,对一方来说是家乡,对另一方来说却是完全不熟悉的异乡。回到家乡的一方,有地方上的人际关系,还有亲戚的关系网,对当地的方言和习惯也很熟悉。如果还有父母老后的介护,也会变成妻子的责任。退休后回到父母家的男人不少,也有的妻子会选择:"你一个人去吧,我不去。"在爱知县的一起事故里,患有认知障碍的高龄男性跑进

铁路线路内，被撞身亡，向JR提出损害赔偿申请。这位男性除了跟妻子居住，为了看护他，住在远处的长子的妻子"单身赴任"，也得搬到附近来居住。过去，长子说"我来照顾父母"，其实等于说"我老婆来照顾"。现在的妻子会说"你的父母你自己照顾，我要照顾我的父母"。能强迫她们的丈夫也越来越少了。

　　在山里生活的有男有女。外出、木工活儿，还有最重要的劈柴，都是男人的工作。解决每天的饭食，料理家庭菜园，制作储存食品，都是女人的工作。对有的人来说，男人女人的活都能干，但基本上还是互帮互助生活。这就要求男女都勤快，身体还能动，在家里一杯茶都不肯自己泡的男人在这里无法生存。每个人都多才多艺，不管干什么活都有模有样。

　　有个人擅长木工活儿，家里的工具不输专业人士，甚至另建了一栋别院，作为木工的工房。他不光是个周日木匠，连桌子和椅子都会做。这个人帮我做了好几头白桦制的白鹿，成了我的鹿野苑的招牌。我会告诉来访的客人：白鹿是标志。还有人擅长绘画和陶艺，曾登上素人歌剧的舞台，还画过好几幅油彩抽象画，最后为了展示这些画，在自己家的土地上凭一己之力建了天花板很高的画廊。他会邀请人："来看看哦。"看看是可以，但要是不小心夸奖几句，他就会说："我送你一幅吧。""这么贵重，还是算了。"要推辞也是很难。虽说是不输行家，但毕竟还是外行，这个人送我的陶制花瓶居然漏水。他不厌其烦地给我看他演出的录像，也真是没办法。说人坏话就会倒霉。这个人从当地的农家那里租了田，动真格开始种蔬菜，我散步时顺路去看，他送了我好多丰盛的蔬菜。还有一对夫妻，自己做了红砖比萨炉，每年我都被叫去他们那儿参加全程手作比萨派对。我在那里第一次吃到了苹果比萨。

60 岁上移居过来的夫妻，过 20 年也会发生变化。夫妻一方得了癌症，患了认知障碍，年纪大了都难免。有一对经营家庭公寓的夫妻，丈夫得了脑梗死，陷入半身麻痹，把生意交给别人，移居到了关西的女儿家。一个擅长打理庭院的男性，他一个人生活在都市的妻子会不时来访，他患了癌症后，也去了都市的家人那里。在自己喜欢的山里的家送走了丈夫的单身女性，也忽然有一天进了养老院。

曾经年轻活跃的猫之手俱乐部的各位，现在比起能提供帮助的人，需要帮助的人更多了，平衡被打破，进入了停业的状态。

两个人总有一天会变成一个人。本来就单身一人的我，一直在默默观察，被留下的那个人会做什么样的选择。

在最爱的北杜市迎接人生的终点

60多岁移居过来的人们,那时年轻又活跃。他们爱上了八岳南麓,把这里当作"最后的住所"移居过来,但并没有真正考虑过自己蹒跚无力期的事情。所谓蹒跚无力期,就是"变得步履蹒跚浑身无力时",这是社会学家春日贵须世命名的。我一直说,高龄者选择住所时,要看当地是否有医疗、介护资源,但自己在找地方的时候,这些条件一点儿也没放在心上。有很多移居者跟我的情况一样,很多人喜欢山,喜欢自然,想爬山,就选了这里,就连我,也是把周围能看见的山峰爬了个遍。要是自己哪天卧床不起了呢?……这些从没想过。就算想过,老后的日子也只是在淡淡的雾霭那边。

问我身边年纪越来越大的朋友,他们也是一样。"明知道这种日子是不可能一直持续下去的……"但后半句话就说不

134　在八岳南麓，直到最后

出来了。总有一天要变得孤身一人，到了那一天就回到都市进养老院，驾驶证上交，在这里就没法生活了……在那天到来之前还是在这里尽情享受，也只能这样了。

说实话，2004年合并的北杜市，是跟长野县接壤的大区自治体，一直到最近还是医疗、介护资源短缺地区。只有一个从父母那代就开始经营有床位诊疗所的医生在出诊，这位医生参加了地方选举，成了政治家。为了应对总有一天要到来的老后，新居民中间也召开了关于医疗、介护的学习会，无奈都是一群外行，凑在一起七嘴八舌，却没有任何实际办法。拿出别的地方的先例，那也是别的地方，这里无法实行。移居过来的新居民中间，也有自主安排配餐服务的"有你就好"等互相帮助的团体，但没有行政支援，不能保证一直持续下去。做做便当是可以的，而大区的配送业务负担很大，再加上要在冬天积雪和结冰的路上开车，志愿者无法胜任。

这时，从东京搬来一对医生和护士夫妻，他们迎来了花甲之年。妻子是宫崎和加子。她是走访护士的先锋，在东京都内长期参与了走访看护和认知障碍团体之家等活动，是个专家。还有移居到八岳南麓的医生夫妻开了"森林诊疗所"。再有日本晚期病人在家看护协会的创立者川越厚医生，被邀请移居到这里，成了那个诊所的兼职医生。

60多岁的宫崎女士，虽然年纪大了，但也不是安安稳稳过田园生活的女性。她移居过来以后，马上和当地的福利界人士接上了头，开始研究北杜市缺少什么。他们做了计划，建立了团体，把居家的高龄者的走访介护和走访看护[1]当成事业来做。还设立了认知障碍日托机构，针对康复的日间介护服务也开始了。宫崎女士建立的一般社团法人"暖暖会"，在6年中开了7家事务所，成长为有75名员工的团体。也因此北杜市医疗、看护资源变得丰富，会成为"可以一个人死在

---

[1] 介护与看护的服务范围有区别，介护多为帮助高龄人士的进食、入浴、排泄等日常生活，看护侧重于疾病的治疗、预防、疗养。

家里"的地方了。

宫崎女士的鼓动力非同一般,她把当地长期从事保健事业、对这个地方无所不知的退休保健师中岛登美子女士也拉了进来。还有县外来的护士,说想在宫崎女士这里工作。当地的退休护士和介护人员都渐渐聚集起来。人才果然还是不少的。人们一直说,改变地方的是人,这些变化都在眼皮底下发生。

我也是被宫崎女士拉进去的人。

移居派里的太太们也都被拉进来了。在宫崎女士的事业之一"高龄者集体生活所"的停车场里,停着一辆奔驰车,听说是来做午饭的女士的,让人大吃一惊。丈夫们也没逃过。会开车的男人被拜托"每周一次也好",去日间服务机构当司机。不是免费干活,算是拿当地最低薪金的有偿志愿者。每个人都乐意效劳,高高兴兴干着活。

现在我还是能提供帮助的人。不知何时我会变成需要帮助的人。当志愿者的移居派们,是否觉得,有这些医疗、护理资源,自己就能在这片土地上老去呢?我现在最大的课题就是"在最爱的北杜市迎接人生的终点"。当然还要加上"一个人也能"。

一个人的最后

在八岳南麓，我送走了一位孤身一人的高龄男性。那就是色川大吉先生，享年96岁。他是位历史学家，研究倡导民众史[1]，为了推广明治时期的民权思想，在全日本奔走，在水俣环境污染问题[2]上，石牟礼道子[3]老师也请他参加调查。他是一个天生反骨的反天皇制论者，也许是这个原因，虽然他有许多成绩，但最终也没能成为授勋的对象。他退休后，别人叫他去担任公职，他也没答应，并以此为傲。

我50多岁的时候一时冲动在八岳买了土地，他问我："这

---

1 与正统史"英雄创造历史"的记录相对，记录无名的底层民众的生活。是日本战后新的历史学范畴。
2 指1956年日本水俣湾出现的怪病事件。这种"怪病"是日后轰动世界的"水俣病"，是最早出现的工业废水排放污染造成的公害病。
3 石牟礼道子（1927—2018），日本女作家，代表作为《苦海净土》，描写水俣病事件。

块土地，你准备干什么？"我说："就先放在那儿，以后再考虑。"当时色川先生已经70多岁了，他说："你今后的10年和我今后的10年可不一样哦。"他把他的退休金拿出来，很快建起了房子。我都感觉我这块地被他截和了。看建筑确认书，上面有土地住所记载，但没有地权者姓名那一项。这样一来，不管是谁的土地，建筑确认书都可以通用。我的书房兼工作室，就在同一块地上，和色川的房子比邻而建。

搬过去的时候，色川先生在曾经的丝绸之路冒险旅途中得了丙型肝炎。"最终结果是肝癌。"医生宣告说。如果拿从江户到京都的东海道沿线比，γ-GTP（血清γ-谷氨酰转肽酶）值一会儿是"在浜松附近"，一会儿是"还没到名古屋"，这就是他和医生交流的日常。不知是不是搬家和疗养有了效果，他血液中的肝炎病毒渐渐减少，最终降低到了可以忽视的程度。

色川先生是旧制高中山岳部培养出来的山里汉子。原京大徒步女子队的我，是他爬山的好伙伴。我们也一起去海外的滑雪场，是滑雪伙伴。清里滑雪场，从我们家开车去只要15分钟。他在每天最早去的滑雪伙伴里年纪最大。"色川先生还在，我们就还没问题。"银发滑雪友把他作为励志榜样。我也经常陪他去，他最后一次站在滑雪场上是92岁。我也期待自己能活到那个岁数，但我的腰骨可比不上他那战前锻炼过的筋骨。

2016年，色川先生在室内摔倒，大腿骨骨折了。他坚决拒绝住院手术，而是在家疗养。幸好当时北杜市已经有了我前面所说的走访介护、看护、医疗资源。暖暖会开始了定期巡回随时对应型短时间走访看护护理，他应该是第一位受益人。

此后过了3年半。色川先生和家里人缘浅，我成了他的介护保险使用监护人。他拒绝进养老机构，也拒绝日间介护和短期托管，一天早中晚三次有走访介护，也有人来帮助他

一个人的最后　　141

在八岳南麓，直到最后

入浴。日本的介护保险很厉害，让我惊讶。他对来访的客人介绍我说："她是介护的专家。"这么说也没错。他还会幽默地加上一句："上野老师现在正在实践她的理论。"我都无法出声反对。

这样就能实现一个人在家里迎接终点吗？……在这里不行吧？如果上交了驾照，外出也是不可能了。最困难的是山麓遇上数年一度的暴雪，护理人的车也没法上来的时候。"那种情况怎么办？"我问护理负责人，得到的回答是把应急食品和饮料放在伸手就能拿到的地方，在救援到达前，忍耐几天。色川先生说，我可是经历过战争的，这种程度的苦难当然能忍过去。

他在轮椅上生活了 3 年半。新冠疫情越来越严重了。在东京和八岳间来来往往的我，在山里的家里隔离，大多数工作转为了线上。照顾色川先生的疗养生活，就成了我的工作。

我和色川先生都有很长时间的独居生活经验，我们都很习惯单身生活。不跟其他人交往也没关系。在新冠疫情带来的静谧中，体会着四季的变换，跟色川先生相伴的每一天对我来说都是无上的幸福。那位爱憎分明、孤高狷介的老人，不知为何非常"依赖"我。

我和色川先生的年龄差是23岁。有次我无意间嘴里说了句"我迎来自己人生终点的时候，不知道有哪个比我小23岁的人来陪伴我"，色川先生给了我一个毫无根据的乐天回答："没关系，你可以的。"真希望如此。

后记

我 50 多岁买了土地，建了自己的房子。以前我一直在公房和公寓进进出出，从没想过会自己买块地，建起房子。在地价高昂的东京都内建房子，更在我的计划之外。八岳南麓自然资源丰富，离东京都很近，这片得天独厚的土地吸引了我。

就这样过去了 20 多年。我过着双据点生活，往返于工作的东京和建了房子的八岳南麓。幸好，大学教师这个职业，有暑假、寒假，还有春假，假期很长。因此，春夏秋冬，我能在八岳南麓度过大量的时间。虽说是乡下生活，但我并没有加入当地的团体。只要有电脑，在哪里都能工作，这是大自然里的都市生活。

在我一时冲动买下来的土地上，建起了进口木造框架房屋，一年里不时来住住，我发现了这片土地的魅力。就像是一见钟情后一起生活的对象，我又每天发现了它有超乎我想象的迷人之处。我感觉自己捡了个大便宜。山里迟来的春天的美丽和愉悦，由春入夏绿意渐渐浓酽，那是生命在沸腾。秋叶落尽，森林变得明亮，踩着秋天森林里的枯叶散步也是无上的幸福。我最畏惧的冬天，寒空明亮，空气凛冽，都是美的。不过，在这里生活，我才有了许多第一次的经验，在大自然里生活的艰苦和麻烦，都在这本书里了。

我写了好多书和随笔，但关于自己的私生活，以前几乎没有写过。编辑部请我在杂志上连载，我也开始想写写这20多年的经验。经过了这么长的时间，我也可以算是个资深两地生活者了。对以后想过两地生活的人来说，也许会有用处。在连载期间，有读者读了我的文章，吃惊的、笑的，我都表示感谢。山口春美老师的插图，也在每次的连载时让人眼前一亮，给我的文章增添了色彩。

最后，我很感谢连载时的编辑水间健太先生。在连载期间就提出做单行本的稻叶丰先生，也谢谢你。山与溪谷社是我一直憧憬的出版社，第一次在这里出书，我很开心。

上野千鹤子

译后记

有尊严地一个人到老

20多年前，上野千鹤子在山梨县八岳南麓购入了一块土地。买下这块土地的契机，是一位定居在八岳南麓的朋友去英国过夏天，把别墅借给她度夏。在此之前，上野千鹤子曾经考虑在加拿大温哥华买房居住，也是因为温哥华自然环境优美，夏天凉爽。八岳南麓映入眼帘的都是绿色，夏天体感舒适，离东京开车只要两小时，来往方便。在这个暑假的尾声，上野千鹤子就开始在当地朋友的陪伴下去看地，最终买下了现在的住所"鹿野苑"所在的土地。

上野千鹤子称这是一笔冲动消费，买好土地后，工作繁忙，她也暂时将这块土地抛在一边。倒是身边的朋友替她操心：那你买那块地干什么？其中历史学家色川大吉先生，是个行动派，直接截和了她这块土地，在上面建起了自己退休后疗养的房子。后来上野千鹤子自己的房子也建在这块土地上，跟色川先生比邻而居。

此后 20 多年，上野千鹤子过着两地生活，每个月两三次，开着自己心爱的车，来往于八岳南麓和东京之间。直到 2019 年底新冠疫情在全球蔓延，日本也进入了疫情下的移动管控状态，上野千鹤子在八岳南麓开始了定居生活。疫情下的山居生活，既有独处的静谧，又有跟自然斗争的乐天自得，更有亲朋好友互帮互助的珍贵情谊。最为难忘的是，在这期间，她实践了自己的介护理论，照顾着将近生命终点、行动不便的色川先生，在 2021 年送走了他。

2021 年 9 月，上野千鹤子在 UC 信用卡的会员杂志《瓢虫快刊》上开始了《在八岳南麓，直到最后》的连载，开始书写自己 20 多年来的山居生活。2023 年 11 月连载文章结集成书，由日本户外生活出版社——山与溪谷社出版，就是这本《在八岳南麓，直到最后》。

山居生活，四季流转的自然之美无须赘述，作为有20多年山居生活经验的过来人，上野千鹤子在这本书里详细记述了需要考虑的实际问题。这些实际问题包括：怎么选择土地，建什么样的房子，怎么处理上水和下水、冷气和暖气，怎么对付虫子，如何跟野生动物斗智斗勇，庭院怎么打理，年纪大了驾照怎么办，跟邻居如何相处，怎么处理垃圾……这些亲切的细节会成为后来的山居生活实践者的入门指南。让我印象深刻的，还有山居生活的乐趣：一年一度赏萤的幽微心情；从山脚往山顶开车，沿途赏樱的痛快；在友人精心打理的庭院里"借景"赏富士山的轻松；跟朋友一起开宴席的快乐；新年一大早去没有人的滑雪场滑第一场雪的自得。

上野千鹤子自称是擅长独处的人，这本书也是一本亲切的"独活白皮书"。鹿野苑是她的书房兼工作室，在设计之初，她就要求设计师不必装洗手间的门，理由是一个人独居，洗手间不需要门。炎热的夏天，独居的饮食也越简单越好，新鲜玉米粒加牛奶搅拌，就是早中晚必不可少的冷制玉米汤。在山里的家，被高到天花板的书籍包围，安静地写作，偶尔参加线上会议（这几年她参加了好几场中国组织的线上对谈）。到了除夕，和单身的朋友变成"除夕家人"，一起迎接新年，快乐并不输给邻居相对百无聊赖的老夫老妻。她不禁感叹，分分合合、不断重组的家人也不错。有意想不到的人加入进来，就有意想不到的故事发生。

在报纸专栏回答读者来信时，上野千鹤子对一个准备不婚的女孩的建议是：买个小房子，做好经济上的准备；培养自己的兴趣爱好；交一些可以依赖的朋友。读这本书会发现，这是上野千鹤子从自身经验出发给出的由衷建议。这是"一个人快乐到老"的充足条件。有一间自己的房间，不用说了。上野千鹤子被她的反对派称为"日本最恐怖的女人"，但在这本书里，我们会发现她兴趣广泛，是个充满生活情趣的人。

夏天赏萤，冬天滑雪，她还喜欢爬山，有一段时间沉迷园艺，享受飙车的快感，奔驰在从八岳南麓到东京的中央道上，还有陪伴她终身的读书和写作。直到现在，我们仍然时不时可以看到70多岁高龄的她出现在网络上，跟世界各地的读者对话。

读这本书，还会惊奇地发现，"日本最会吵架的女人"上野千鹤子拥有各种各样有趣的朋友。从在八岳买地开始，就有各路朋友在她身边出谋划策。一起种菜园的朋友，带她去观萤的朋友，开天妇罗派对的朋友，一起过正月的朋友，一起滑雪的朋友……她的朋友多到让我羡慕。在"移居者的小团体"中，她介绍了这种"值得赞美"的人际关系。"不喜欢夸耀过去的经历，也不喜欢别人询问：你在哪个领域认识哪位大人物？""保持适度的距离，不干涉对方的隐私，必要的时候也会拜托对方，这里的人际交往形式很成熟。"

这种成熟的友谊最后萌生了改变当地的创造性力量，那就是解决当地养老问题的公益团体暖暖会。上野本人也是暖暖会的热心支援者之一。暖暖会的主页上声明这个亲切的名字可以理解为"暖暖会""谈谈会""渐渐会"[1]，宗旨是"过上自己喜欢的人生，自己决定，互相帮助，互相守望"。在查阅相关资料时，我才了解到，日本的养老支援服务多种多样，光是我们统一称为"养老院"的服务，根据老年人所需要的照顾程度和费用不同，就有八九种不同的选择。除了在中国越来越多的养老院、老年公寓，还有更尊重老年人个人意愿的日间服务所、定期上门服务的介护和看护人员。即使在自理能力渐渐丧失之后，也有更多的老人希望在熟悉的家中迎来生命的终点，这是更有尊严、幸福感更高的临终方式，暖

---

1 原文为だんだん会，"暖暖""谈谈""渐渐"都读作"だんだん"。

译后记 153

暖会就提供这些辅助服务，上野千鹤子的邻居色川先生也是暖暖会的走访看护的受益人。看到他们在当地的实践，真希望这些更具人文关怀的养老模式不久后也出现在中国的养老体系中。

家庭是最小单位的私有制，而家庭的中心关系是血缘和性缘。这种关系天然带有强制性，由此伴生的控制和反抗、蚕食和脱离，成为很多人内心创伤的原点，也成为迈向独立的原始动力。作为东亚的女儿，上野千鹤子也经历过从血亲、从性缘中挣脱出来的过程，才成就了现在视野更为广阔的她。在这本第一次袒露私生活的随笔集中，上野千鹤子也向我们展示了一个独居的女性主义者如何建立起自己的小宇宙，在这个小宇宙中悠然自得，并以余裕反哺社会。译完这本书，我真想对上野老师说：上野老师，你真棒，我好羡慕你！靠自己的努力完成这种充实和圆满的生活方式，你比"成功女性""完美女性"更值得仿效。

《在八岳南麓，直到最后》中文版的出版，也是上野千鹤子老师对我本人的善意帮助。还要感谢本书的出版人和两位编辑曹雪萍老师和程利盼老师。我跟朋友也讨论过，"女性决策的依据跟男性不一样"。这种"不一样"，我更愿将它理解为对男权社会功利性原则的逆反，对个体感受的确认和肯定。例如上野老师学术上研究主题的变化，从选择性别研究，到后期对老年研究的转向，都是对弱势群体的关注、对"强者通吃"的原则的反抗，并非出于功利的选择，而是出自对身边人和事的共情，出自想要建设更关怀人的社会的愿望。我也因为自身的经历，获得了上野老师一直强调的"弱者视角"。有了"弱者视角"，才会拥有由此伴生的与不公平抗争、改善他人处境的意愿。有很多批评女性主义者只是"言论上的巨人"的声音，看这本书中暖暖会的例子，就会发现言论上和思想上的拓展只是开始。更年轻的女性朋友已经可以清晰地用语言描述这种改变：女性的勇敢和强大在于，我们可以坦然承认我们的脆弱，并且以这种脆弱彼此呼应，我们就是通过这些共有的创伤去相认。我们不在意讲述我们的恐惧和胆怯，是因为我们有行动的信心。改变正在发生，让我们在守望互助中找到更多的同伴。

安素

附录

作者

上野千鹤子

1948年生于富山县。社会学家、东京大学名誉教授、NPO法人"女性行动网络"（Woman Action Network）理事长，日本女性学与性别研究领域的开拓者。京都大学就学期间曾参加多彩女性（Wonderful Girl）登山社团。20多年前在山梨县八岳南麓建起房子，现在过着往来于东京和山梨的两地生活。代表作有《厌女》《一个人的老后》《从零开始的女性主义》《始于极限》等。

插画家

山口春美

生于岛根县松江市。插图画家。东京艺术大学油画科毕业后，进入西武百货店宣传部，在视觉交流中心任职，后成为自由画师。1969年，参与了PARCO百货店开幕活动的广告制作。以喷枪绘画技巧创作的超现实主义作品，获得东京艺术指导俱乐部奖（ADC）。作品被美国纽约现代艺术博物馆、日本川崎市市民博物馆、日本福岛CCGA现代平面设计中心等收藏。

出处一览

以下篇目原载于《瓢虫快刊》（现更名为《SAISON快刊》）

① 疫情隔离中的山居生活：2021年9月刊 /② 不知不觉爱上山梨——寻找冬天的光明：2021年10月刊 /③ 花的季节：2023年5月刊 /④ 园艺派和家庭菜园派：2022年5月刊 /⑥ 冷气和暖气：2022年3月刊 /⑦ 上水与下水：2022年4月刊 /⑧ 斗虫记：2022年6月刊 /⑨ 八岳鹿情报：2022年7月刊、8月刊 /⑩ 夏天的超简单食谱：2022年9月刊 /⑪ 垃圾怎么办？这是个问题：2022年12月刊 /⑫ 被书籍包围：2021年11月刊 /

⑬ 移居者的小团体：2021 年 12 月刊 /⑭ 猫之手俱乐部的人们：2022 年 2 月刊 /⑮ 银发滑雪友：2022 年 1 月刊 /⑯ 除夕家人：2023 年 1 月刊 /⑰ 线上阶层：2022 年 11 月刊 /⑱ 多地居住：2023 年 2 月刊 /⑲ 驾照什么时候交上去：2022 年 10 月刊 /㉑ 中古别墅市场：2023 年 6 月刊 /㉒ 从两个人变成一个人：2023 年 3 月刊 /㉓ 在最爱的北杜市迎接人生的终点：2023 年 4 月刊 /㉔ 一个人的最后：2023 年 7 月刊、8 月刊

⑤ 观萤：由 NHK 出版网上连载《低音轻奏》之 15《观萤与鲇鱼》（2022 年 6 月 22 日）修改而来。

⑳ 开车的乐趣：本书出版时增补